Philipp Berges

Verliebt von Polizeiwegen

Philipp Berges

Verliebt von Polizeiwegen

ISBN/EAN: 9783744613101

Hergestellt in Europa, USA, Kanada, Australien, Japan

Cover: Foto ©Andreas Hilbeck / pixelio.de

Weitere Bücher finden Sie auf **www.hansebooks.com**

Verliebt
von Polizeiwegen.

Von

Phil. Berges.

Berlin W. 57
Rich. Eckstein Nachf.
(H. Krüger.)

I.

Im Gesellschaftsraume der allen Verbrechern der
Welt wohlbekannten Gaunerkneipe „Zum blechernen
Hirnkasten" in der New-Yorker Bowry herrschte noch
reges Leben und Treiben. Es war erst 10 Uhr und
die im „Hirnkasten" verkehrenden Gentlemen pflegten
vor Mitternacht nicht an ihre Geschäfte zu gehen. In
dem von bläulichem Cigarrendampf verhüllten Hintergrund des Raumes spielte etwa ein Dutzend nobel ge-
kleideter Herren Billard, Andere, rings umher an kleinen
Tischen sitzend, ergötzten sich mit Karten-, Domino- und
Würfelspiel und, von einer hin und wieder erschallenden
populären Weise, lautem Gelächter oder einem Faustschlag auf den Tisch abgesehen, herrschte überall muster-
hafte Ordnung und Ruhe. Nichts verriet den Charakter
des Ortes und seiner Besucher. Die Männer hinter
der „Bar", die nach der Landessitte in Hemdsärmeln
dem schweren Geschäft „of mixing drinks", des Ge-
tränkemischens, oblagen, waren typische „Bartender", wie
sie in jedem Restaurant des östlichen Amerika zu finden
sind, und die Gäste glichen zum größten Teile acht-
baren Gentlemen, deren rauhes Wesen und polternde
Ausdrucksweise auch dem Kundigen nicht weiter auffiel.

1*

Man ist es in den Vereinigten Staaten gewohnt, daß die Gentlemen aller Klassen, sobald sie sich selber über- lassen sind, nach Herzenslust kauen, spucken und fluchen, zumal in einer Wirtschaft, wo sich Vertreter aller Schichten zusammenfinden. Ohne Argwohn, aber auch ohne Gefahr, hätte der Fremde die weltberüchtigte Kneipe betreten, denn es war strenges Gesetz, in ihren Räumen Niemand zu belästigen, um die Polizei fern zu halten, die denn auch nur selten hier erschien. Draußen freilich in der nächtlichen Bowry, dem Sammelpunkte aller wilden Gesellen der Stadt, war der Zwang, den die Herren Gauner sich selbst auferlegten, vorbei. Der Fremde, welcher unvorsichtig genug ge- wesen war, in den Räumen des „Hirnkastens" Geld oder Wertgegenstände sehen zu lassen, war verloren. Schon nach wenigen Schritten schlug man ihn nieder und beraubte ihn seiner Schätze, oder, falls er Wider- stand leistete, wohl gar seines Lebens. So war es und so ist es noch heute, die Polizeigerichtshöfe, die an jedem Morgen Dutzende von Beraubungen registrieren, geben auch Demjenigen ein anschauliches Bild, der sich selbst nicht hinauswagt in die nächtlichen Gassen der Riesenstadt, oder gar hinab in die Kellergewölbe des „blechernen Hirnkastens".

An einem abseits in einer Mauernische aufgestellten Tische, der den seltsamen Namen „Pauwau" führte, saßen drei Männer, zwei außergewöhnlich lange und ein mittelgroßer. Der Letztere trug in seinem Aeußern ein gewisses Etwas zur Schau, das auf eine Zeit harter Entbehrungen schließen ließ. Das keineswegs unschöne,

von einem dichten, buschigen Schnurrbart gezierte Gesicht war blaß und mager, spärliche Haarbüschel nickten
über der hohen Stirn und dunkle Ringe umgaben die
grauen, stechenden Augen. Sein Rock, dessen verschossene
Farbe darauf schließen ließ, daß er einst glanzvolle
Tage gesehen, litt unter einem Mangel an Knöpfen
und zeigte das von einem durchweichten Papierkragen
gekrönte blaue Wollhemd, welches unten in einem Gurt
aus grober, grauer Leinwand auslief. Die beiden andern
Männer waren wohlgekleidet und gut genährt, sie hätten
dem uneingeweihten Beobachter keinen Grund zum
Argwohn gegeben.

„Say, Bill", sagte einer von ihnen, indem er auf
die Uhr über der Bar deutete, „rücke heraus mit Deinen
feinen Plänen, 's ist zehn Uhr und bald Zeit zum Geschäft. Du hast hoffentlich alles in Ordnung, mein
Junge, und bist imstande, es zu beweisen, daß wir
Dich nicht umsonst an unserem Fressen teilnehmen
lassen — he?"

Der Schäbige zwinkerte listig mit den Augen.
„'s ist merkwürdig", lachte er, „daß die genialen Köpfe
gewöhnlich an einem verteufelten Ueberfluß an Geld-
mangel leiden! — So ist's bei Künstlern, Schrift-
stellern, Politikern, Erfindern und, last not least, bei
Gaunern. Die Taschendiebe, vor deren Zunft ich ja
(mit einem boshaften Seitenblick auf einen der Andern)
immerhin eine gewisse Art der Achtung habe, verdienen
ihr Geld im Handumdrehen, kleiden sich eklig nobel,
tragen faustgroße Diamanten und leben in den Tag
hinein wie Bankpräsidenten, Eisenbahndirektoren und

andere große Raubtiere — haha!! wenn's aber
einen Coup auszuführen gilt, da müffen denn doch
wir dran, wir ziemlich grandiosen Burschen, die zu den
höheren Zünften der — —"

„Komm' zur Sache, Bill, was nützt das Geschwätze",
unterbrach einer der Anderen, dem die Bemerkung von
den Taschendieben gegolten zu haben schien, den Sprecher;
„freu' Dich, daß wir Dich in Deiner gegenwärtigen Ver=
fassung zu unserer Arbeit eingeladen haben. Pah! Es
giebt noch andere Geldschrankerbrecher — —"

„Stop there", fiel Bill ein, „stop there! Es giebt
noch andere Geldspindarbeiter von Ruf — recht. But
there stop! Andere giebt es in Hülle und Fülle, aber
sie reichen an mich nicht heran. Den Teufel frage ich
danach, ob ich in Lumpen gehe, denn ich bleibe, wer ich
bin: Bill Crookey, der bedeutendste Geldspindknacker
der Vereinigten Staaten." Die anderen nickten bei-
fällig und Bill machte eine kleine Kunstpause, um dann
mit einem ärgerlichen Lachen fortzufahren. „Aber Ihr
habt leider Recht, augenblicklich sitze ich auf dem Trocknen.
Ich bin eben, wie sich der große Geldschwindler Jim
Humphrey, welcher jetzt in Colorado sitzt, einst aus=
drückte, der größte Optimist, welcher nur irgendwo in
den Wäldern Nordamerikas herumklettern mag. Ver=
diene ich heute zehntausend Dollars — morgen sind
sie verjubelt, verspielt, verthan und ich lege mich krumm.
Aber den Humor verliert ein Bursche, wie ich es bin,
nicht; Jungen! Das will ich Euch beweisen. Trotz des
störenden Geknurres meines Magens habe ich die letzte

Hand an das Plänchen gelegt, welches meinem Namen
Ehre machen wird — und hier ist es!"

Damit zog er ein Papier aus der Tasche, breitete
es vor sich aus und fuhr, während die Anderen sich
über den Tisch neigten, in etwas leiserem Tone fort:
„Schaut her, Boys, hier ist die Bank — seht Ihr?
Ecke Broadway und sechste Avenue. Hier — zwei
Häuser nordwärts — befindet sich eine Gitterpforte.
Die überklettern wir, Todd und ich, während der Grabber
draußen Wache hält. See! Im Hof ist ein zweites
Gitter zu übersteigen, und jetzt stehen wir vor einem
Fenster der Bank, das ich mit Cone Jack, diesem Prachtkerl, inzwischen schon gelockert habe, so daß wir's mit
dem Rahmen, gewissermaßen wie ein Knoblauchgewächs
mit der Wurzel, herausreißen können. Und sind wir
einmal drinnen — well, dann laßt mich nur machen,
ich knacke Euch das Spind offen, wie 'ne Hickorynuß —
und zwar geräuschlos, nach allen Regeln der Kunst.
Seid Ihr zufrieden?"

„Hip, hip, hurrah!" rief einer der Anderen frohlockend und schlug auf den Tisch. „'s ist großartig,
's ist kolossal, und der Teufel fresse mich zum Früh-
stück, wenn ich die Ladendieberei nicht an den Nagel
hänge und mich zur Zunft der Geldschrankarbeiter
schlage!"

Bill lächelte sarkastisch. „Versucht's, wenn Ihr
glaubt, daß Eure paar Loth weichlichen Gehirnstoffes
für unsere Arbeit ausreichen, Ihr werdet aber bald
genug herausfinden, daß das Erfingern von Schmuck-

fachen verdammt leichte Arbeit ist, wenn man sie mit
dem Offenknacken von Sicherheitsschränken vergleicht!"

„Nun gut, so laßt mich bei Euch in die Schule
gehen, Bill!"

„Hm, das läßt sich hören. Zunächst aber zeigt
heute Nacht, was Ihr zu leisten imstande seid, und
jetzt vor allen Dingen laßt frisches Getränk anfahren,
denn mich dürstet, als ob seit meinen Säuglingsjahren
diese Kehle hier an meinem Halse nicht mehr angefeuchtet worden wäre!"

Die nächsten Stunden fanden unsere drei noblen
Charaktere beim Whisky, ab und zu nahm wohl
einer der „Herren Kollegen" mit am Tische Platz, um
dem berühmten Bill seine Ehrfurcht zu bezeugen. Erst
als die beiden Zeiger der Uhr das Mitternacht-Rendezvous
überschritten hatten und die Räume sich schon auffallend
zu lichten begannen, erhoben auch die drei Gentlemen
sich vom „Pauwau" und traten hinaus in die dunkle
Bowry. Ohne Zögern trennten sie sich hier und gingen
— Jeder für sich, wie drei einander Unbekannte — zur
Hochbahnstation am Fuße der großen Hängebrücke zwischen
New-York und Brooklyn. Alle drei lösten Fahrkarten
und fuhren, zwar mit demselben Zuge, aber in ver-
schiedenen Wagen, in die obere Stadt. Hier angelangt,
wurde die gleiche Taktik befolgt. Völlig getrennt von
einander, verfolgten die Männer ihren Weg, bis sie —
um ein Uhr etwa — an der Ecke der sechsten Avenue
und des Broadway zueinander stießen.

Was nun folgte, ging blitzschnell von statten und
zeigte, daß die Vorverhandlungen gute Früchte trugen.

Einen Augenblick flüsterte Bill mit seinen Genossen, dann erkletterten alle Drei ein Gitterthor in der Nähe der Straßenecke und ließen sich auf der anderen Seite geräuschlos wieder zu Boden gleiten. Zwei der Männer verschwanden in der Tiefe des Hofes, der Dritte kauerte hinter dem Thore zu Boden und bedeckte den Kopf mit seinem Mantel, so daß er sofort in das Dunkel unter-zutauchen schien. Wie sie gekommen waren — leise, vorsichtig, geräuschlos, fast unsichtbar, so waren nun auch alle Drei im Nu wieder verschwunden.

Draußen regte sich nichts Beunruhigendes. Die Straßen waren öde und leer. In regelmäßigen Pausen näherte sich der schwere, von den Häuserwänden zurück-schallende Schritt eines patrouillierenden Schutzmannes und donnerte an dem Versteck des einsamen Wachtpostens vorüber, ward schwächer und schwächer und verlor sich in der fernen Tiefe der Avenue. Dann ward alles wieder still. Nur wenn die Flammen in den becher-förmigen Glaskuppeln, vom Nachtwind bewegt, empor-zuckten, echoeten unbestimmte Geräusche aus den Lüften herab; das Brausen ferner Hochbahnzüge, die Signale der Fährdampfer, die noch draußen auf dem Eastriver kreuzten, oder der Tritt später Passanten, welche fernab die Straße querten und, verfolgt vom unheimlichen Ge-spenst der Einsamkeit, ihr bißchen Selbst hastig dem schützenden Heim zuführten. —

Eine halbe Stunde war verflossen und in dem düstern Bankpalast an der Straßenecke regte sich noch immer nichts. Der Wachtposten ward ungeduldig. Vor-sichtig hob er den Mantel, erkletterte das Gitter und

spähte die Straße hinab. — Da — horch! Was ist
das? — Ein leiser Pfiff. Im Nu war der Lauscher
wieder auf dem Boden, hob zwei finger an die Lippen
und ließ ebenfalls einen Pfiff ertönen. Dann warf er
sich rasch nieder und legte das Ohr fest auf den Boden.
Zwei Sekunden später erdröhnte ein dumpfer Schlag,
leise und gedämpft, wie ferner, unterirdischer Kanonen-
donner, aus dem Erdreich empor und schlug gegen den
Boden, unfähig, ihn zu durchbrechen. Nur der ein-
geweihte Lauscher vernahm die Detonation. In den
Lüften ringsum blieb alles still und der Polizist, welcher
eben um die Ecke bog, pfiff sich ein Liedchen und schritt
ahnungslos die Straße hinab.

Kaum war er verschwunden und außer Hörweite,
als der Wachtposten aufsprang, sich die Hände rieb und
in ein leises höhnisches Gelächter ausbrach. Kein Zweifel
mehr, das Werk war vollbracht, Bill Crookey, hatte, den
neuesten Errungenschaften seiner vornehmen Verbrecher-
zunft entsprechend, das Geldspind „geräuschlos offen
geknackt".

II.

Dem Bankhause Robert S. Vanderhoof, Broadway und sechste Avenue, stand ein heißer Tag bevor.
Als sich die Angestellten der firma, vom Confidential
Clerk oder Prokuristen bis zum Officejungen hinab,
morgens um neun Uhr auf dem flur versammelt hatten,
um den Regeln des Geschäftes entsprechend gemeinsam
die dem heiligen Mammon geweihten Räume zu betreten,
ahnte noch niemand das Vorgefallene. Alles schien in
gehöriger Ordnung. Erst als Mr. Sigismund, der
Confidential Clerk, das Allerheiligste, den sogenannten

„Safe Room" betrat, drang plötzlich und unvermittelt ein untrügliches Zeichen des Geschehenen auf ihn ein und brachte ihn einer Ohnmacht nahe. Sein erster Blick fiel auf den großen Central-Sicherheitsschrank, der mit allen möglichen und unmöglichen Apparaten, elektrischen Läutwerken, diebessicheren Zeitschlössern, feuerfesten Wänden versehen war und als eine uneinnehmbare Festung galt. Kaum wagte Mr. Sigismund seinen Augen zu trauen, er schlug sich vor die Stirn, stand starr wie eine Bildsäule, glaubte zu träumen. Aber das Unglaubliche war dennoch Wirklichkeit — die Thüren des zur Hälfte eingemauerten Schrankes klafften weit offen, der Sicherheitsschrank war erbrochen, die Festung gefallen. Plötzlich stieß der atemlose Prokurist einen leisen Schrei aus und sprang in eine Ecke des Raumes. Was war das? Großer Gott — eine Leiche, ein Ermordeter?! Nein, die Brust hob und senkte sich noch — — es war Bob Murphy, der treue Nachtwächter der Firma, dem die Räuber, wie es schien, übel mitgespielt hatten. Die Hände auf dem Rücken zusammengebunden, einen Knebel im Munde — — so lag der Aermste auf dem Boden, und nur die Bewegung der Brust verriet, daß noch Leben in ihm sei.

Einen Augenblick stand Mr. Sigismund wie im Traume und sah auf den Gefesselten nieder, dann raffte er sich gewaltsam auf, nickte ein paarmal mit dem Kopf und verließ ruhigen Schrittes den Raum, den er hinter sich verschloß. Keiner der Angestellten, die inzwischen an ihren Pulten Platz genommen hatten, vermochte etwas Außergewöhnliches auf dem Gesichte Mr.

Sigismunds zu lesen, es war kalt, ruhig, undurch-
dringlich wie immer.

Mit dieser Miene trat er ins Telephonzimmer,
schloß sorgfältig die Thüre und stürzte, nachdem er
sich allein sah, förmlich auf den Apparat zu. Ein
hastiger Druck auf den Knopf ein kurzes Horchen
und Mr. Sigismund neigte sich, merklich zitternd,
zur Sprechscheibe. „Ist Mr. Vanderhoof senior dort?
... So holen Sie ihn schleunigst heran, hier ist
Mr. Sigismund, der ihn dringend sprechen muß ...
Gut ... Ich warte." Eine kleine Weile verging, da
drangen summende Laute aus dem Apparat und der
Harrende, der inzwischen noch um einen Schatten
bleicher geworden war, neigte sich, beide Hörrohre an
den Ohren, wieder zur Sprechscheibe. „Guten Morgen
Sir ... Sehr angenehm ... Es thut mir leid, ich
bedaure sehr, allein es ließ sich nicht ändern ......
Bei uns ist eingebrochen ... um Gotteswillen, eilen
Sie sofort hierher, Sir, der Central-Sicherheitsschrank
ist gesprengt — — wie? ... Die Barmappe scheint
zu fehlen ..; über zwei Millionen Dollars waren
darin ... Allerdings, Sir, er ist da. Ich fand ihn
gefesselt, einen Knebel im Munde, ohnmächtig auf dem
Boden ... Ja, ja Schluß." — — Drei Glocken-
zeichen und ein erneuter, hastiger Druck auf einen
anderen Weckknopf folgten. „Hier Robert S. Vanderhoof, Bank, Broadway und sechste Avenue ...
Großer Einbruch ... Central-Sicherheitsschrank gesprengt ... Zwei Millionen ... He? ... Bis jetzt

noch nicht ... soeben erst entdeckt ... ersuche um sofortige Absendung von Detektives ... Schluß."

Leise zitterte der Klang des letzten Glockensignals durch den Raum, während Mr. Sigismund tief Atem schöpfend zurücktrat und sich den perlenden Schweiß von der Stirn wischte. Zwei Sekunden brauchte er, um sich zu sammeln, dann trat er hinaus in die Hauptoffice, befahl einem Clerk, die eingelaufenen Briefe zu öffnen und begab sich gemessenen Schrittes in den Safe Room, dessen Thür er abermals verriegelte.

Bob Murphy, der Wächter, lag noch am Bodener hatte die Augen geöffnet und blickte starr zur Zimmerdecke empor. Als der Prokurist eintrat, richtete er sich hastig auf, sah wild umher und begann unartikulierte Töne auszustoßen, denn der Knebel, den man ihn in seinen Mund gezwängt hatte, hinderte ihn am Sprechen. Mr. Sigismund kniete nieder, entfernte nach einigen Schwierigkeiten das zusammengeballte Tuch aus dem Gebisse des Wächters und half ihm auf die Füße.

„Verhaltet Euch ruhig", sagte er eindringlich, „was hier geschehen ist, muß Geheimnis bleiben, bis der Chef und die schon benachrichtigte Polizei eingetroffen sind."

Der Andere blickte den Sprecher starr an. „Erklärt mir, Sir, was mit mir vorgegangen ist," lallte er. „Habe ich geschlafen? Meine Glieder sind steif und kalt — — mein Kopf schmerzt und — hm — es ist heller Tag draußen. Merkwürdig. Spracht

Ihr nicht von einem geschehenen Unglück und von
der Polizei — — ah!" und jetzt schien es wie ein
plötzliches Erwachen über den Betäubten zu kommen
— „heute Nacht, ich entsinne mich — es war eine
gräßliche Explosion — —"

„Still! Schweigt jetzt und sucht Euch zu sammeln,"
beschwichtigte der Prokurist den Wächter, während er
ihn zu einem Stuhle führte, „setzt Euch hierher und
ordnet Eure Gedanken. Mr. Vanderhook wird sogleich
hier sein."

In diesem Augenblick wurde an die Thür gepocht.
„Wer ist da?" fragte der Prokurist am Schlüsselloch.
„Hier ist Mr. Vanderhook," kam es zurück und Herr
Sigismund entriegelte die Thüre.

Ueber die Schwelle traten drei Herren, voran der
ergraute Chef des Hauses, hinter ihm zwei Gentlemen
von militärischem Aussehen. Einer der letzteren blieb
an der Thüre stehen, während der Andere mit dem
Chef eilig an den erbrochenen Schrank trat.

„Wo ist Ihr Geschäftsführer?" fragte der Fremde.
„Hier," sagte Mr. Sigismund, indem er vortrat.
„Angenehm, Ihnen zu begegnen, Sir. Ich bin
der Polizeikapitän Ihres Bezirks und hier mein Be=
gleiter Sergeant Cool, Polizeidetektiv. Teilen Sie uns
sofort Ihre Thatsachen und Vermutungen mit, es ist
kein Augenblick Zeit zu verlieren."

„Es handelt sich von meiner Seite nur um That=
sachen. Bei meinem Eintritt heute früh um neun
Uhr, also vor einer halben Stunde, fand ich den
Schrank erbrochen. Es ist noch alles unverändert.

Der Wachtmann lag geknebelt in der Ecke dort am Fenster —"

„Ah — wo ist der Mann?"

„Hier, Sir, hinter Ihnen. Haben Sie sich gesammelt, Murphy?"

„Ja, Herr, ich bin klar jetzt und imstande, die ganze Geschichte haarklein zu erzählen," antwortete der Wächter, indem er sich erhob und vor den Polizeibeamten hintrat.

Der Letztere warf einen prüfenden Blick auf die kräftige, untersetzte Gestalt des etwa dreißigjährigen Mannes und wandte sich noch einmal an Mr. Sigismund. „Prüfen Sie den Inhalt des Schrankes und stellen Sie genau fest, was Ihnen abhanden gekommen ist. Ich selbst werde inzwischen den Bericht des Wächters anhören."

Nun ließ er sich auf einen Stuhl nieder, winkte den Detektiv an seine Seite und zog ein Notizbuch aus der Tasche.

„Wie heißen Sie?"

„Bob Murphy, Sir," antwortete der Wächter.

„Sie sind ein Irländer?"

„In Dublin geboren, Kapitän."

„Alt?"

„Einunddreißig Jahre, Sir!"

„Gut, Mr. Murphy. Erzählt uns kurz und bündig, was Ihr heute erlebt habt."

„Das will ich, Sir, wenn's mir möglich ist, denn vor einer Viertelstunde meinte ich noch, ich sei verrückt geworden. Wie sie hinein gekommen sind, das weiß ich nicht — —"

„Wer?" fragte der Polizist scharf.

„Wer — die Gauner."

„Wie viele waren es?"

„Zwei."

„Aha, also drei," murmelte der Kapitän, während er eine Notiz niederschrieb. „Nun fahrt fort und faßt Euch kurz."

„Well, wie sie hereingekommen sind, das weiß ich nicht — der Teufel mag's wissen, aber hinaus scheinen sie durch das Fenster gegangen zu sein, obgleich ich nicht weiß, wie dies möglich sein könnte. Ich befand mich auf dem Hausflur, es mag wohl 1 Uhr gewesen sein, oder da herum, als ich ein verdächtiges Geräusch vernahm. Zuerst glaubte ich, es käme von der Treppe, als ich aber dort hinlief, den Revolver in der Hand, fand ich alles leer und ruhig. Es war überhaupt wieder still geworden. Da dachte ich denn, es sei nur eine optische Täuschung gewesen oder so was ähnliches und ging wieder in die Portierloge zurück, wo ich mich gewöhnlich zwischen den Rundgängen aufhalte."

„Hm, und es fiel Euch nicht ein, daß das Geräusch denn doch wohl aus einem andern Teil des Hauses gekommen sein konnte?" warf der Polizist ein.

„Ja, Herr, das dachte ich wirklich. Aber dann meinte ich, es sei wohl die Officekatze gewesen, die zuweilen Anfälle von Nachtwandelei hat und die Treppe auf und abspektakelt, auf der Jagd nach Mäusen."

„So, die Katze. Ich meine, Ihr hieltet das Ge·
räusch für eine Sinnestäuschung?"

Bob Murphy sah den Polizisten einen Augen·
blick dumm an, er schien es unanständig zu finden, daß
der Beamte nach Widersprüchen suchte. „Was ich sage,
ist so war, wie die Bibelgeschichte, Sir," erklärte er be·
leidigt, „im ersten Augenblick hielt ich das Gepolter
für eine Sinnestäuschung —

„Also ein Gepolter war's — gut, fahrt fort."

„An den Saferaum dachte meine Seele nicht,
dort konnte es einfach nicht sein. Alle Schränke sind
mit Läutwerken versehen, das große Zentralspind
allein hat fünf, und die leiseste Berührung irgend
eines Gegenstandes im Gewölbe setzt sofort das ganze
Haus unter eine — sozusagen unter eine Fluth von
Geklingel, wie'n Schiffsdock unter Wasser gesetzt wird.
Also an den Saferaum dachte ich nicht, konnte ich
nicht denken."

„Da mögt Ihr Recht haben," warf der Kapitän
ein, „doch kommt jetzt zur Sache und faßt Euch
kürzer."

„Ich bin schon fast zu Ende, Sir, was nun
folgt, ist schnell erzählt. Kaum hatte ich mich in der
Portierloge niedergelassen, als das Geräusch von Neuem
anfing und es kam wirklich und wahrhaftig aus dem
Saferaum. Nun eilte ich so leise, aber auch so schnell
wie möglich durch die Hauptoffice, um von hier aus
einen Blick in den Saferaum zu werfen. Das that ich
denn auch, aber ich sah Nichts — bei meinem Seelen·
heil, ich sah Nichts, trotzdem das Geräusch andauerte.

Was sollte ich machen? Well, ich bekreuzigte mich rief Jesus, Maria und Joseph an, hielt meinen Revolver so vor mich hin — seht Jhr, Kapitän? so und betrat den Raum. Sofort sah ich zwei Männer, einen großen und einen kleinen — den letzteren mit allerhand Instrumenten und einer Laterne, die neben ihm auf dem Boden stand, den andern mit einem langen, häßlichen Schießeisen, mit dem er sofort auf meine Brust zielte. „Be quit, you damned fool," schrie er, „verhaltet Euch ruhig, verdammter Narr, oder ich sende einige Streifen Lampenlicht durch Eure Lungen." So was schrie er mir entgegen, während ich im Thürpfosten erschien, aber in demselben Moment schon drückte ich ab —"

Der Kapitän machte eine gebietende Handbe- wegung von oben nach unten, so daß es aussah, als ob er die Rede des Wächters, der sofort schwieg, buchstäblich abschnitt. „Wie, Jhr habt auf ihn ge- schossen?" fragte nun der Polizist mit ungläubiger Miene.

„You bet, I have," entgegnete Mr. Murphy mit stolzem Grinsen, „Jhr dürft darauf wetten, daß ich geschossen habe, aber ich traf ihn nicht. Die Kugel muß da irgendwo in der Wand stecken. Und das war alles, was ich thun konnte, denn im nächsten Augen- blick sprang der vermaledeite Bursche gegen meine Brust, riß mich wie'n Stück Vieh zu Boden und be- gann auf diesem meinem Körper mit seinen Fäusten und Füßen herumzutrampeln. Wie lange er mich be- arbeitet hat, weiß ich nicht, ich glaube, ich verlor die

Befinnung. Als ich dann die Augen wieder aufschlug,
lag ich auf dem Rücken, die Hände mit Stricken ge-
bunden unter mir, und im Munde ein dickes Tuch,
so daß ich nicht schreien konnte. Die Gauner arbeiteten
beide am Schrank, der Eine hielt die Laterne und der
Andere schien zu bohren. Das dauerte wohl zehn
Minuten. Und dann traten Beide zurück, riefen mir
lachend zu, ich möge genau aufpassen, es gäbe kapitalen
Ohrenschmaus und entzündeten einen Faden —· eine
Lunte, oder so ähnlich nennt man wohl das Ding —
den ich jetzt erst bemerkte. Einen Augenblick glomm
das Ding und dann folgte ein Schlag, daß ich glaubte,
das ganze Gebäude versänke mit mir in einen Ab-
grund. Zitternd vor Angst schloß ich die Augen und
erwartete meinen Tod, denn — hol's der Teufel, ich
war sicher, die Burschen würden mich nun finishen.
Sie thaten nichts dergleichen — auch was sie sonst
noch thaten, weiß ich nicht, Gentlemen, denn Ihr
mögt mir's krumm nehmen oder nicht, ich hielt die
Augen geschlossen und wollte nichts mehr hören und
sehen. Später muß ich eingeschlafen sein, vielleicht
haben die Kerle mich auch irgendwie betäubt — kurz,
als ich erwachte, war's heller Tag und Mr. Sigismund stand vor mir, das ist alles. Und nun, Gentlemen, schafft mir etwas Heißes zu trinken, ich fühle
mich schwach, und laßt mich ein wenig umhergehen,
denn meine Glieder sind noch ganz steif und kalt.
Ich glaube auch, es kommt mir wenigstens so vor,
als ob's hier innen in meinem Mundwerke nicht
richtig sei, wenigstens ist's da so trocken, als ob mein
Gaumen niemals angefeuchtet worden wäre."

Der Wächter schwieg, schüttelte sich vor Kälte, schnalzte mit der ausgedörrten Zunge und rieb die angeschwollenen Handgelenke, ein Bild des Jammers. Schweigend sah der Polizeibeamte zu Boden, zuckte dann mit den Schultern und wandte sich an Mr. Sigismund.

„Nun, Herr, das Resultat?"

„Ein merkwürdiges, höchst merkwürdiges Resultat! entgegnete der Prokurist und seine Miene drückte das größte Erstaunen aus. „Es fehlt nur ein Stück: die Barmappe, welche zwei Millionen Dollars in Scheinen enthielt. Aber alles Andere ist unversehrt, sogar die Kassetten mit Gold stehen hier, hier die Beutel mit Silbergeld, nichts fehlt als die Mappe mit den Scheinen. Es verwirrt mich, ich weiß nicht, was ich daraus machen soll, was sagt Ihr, Kapitän, ist Euch so was schon vorgekommen?"

Der Kapitän sagte nichts. Seine Miene blieb verschlossen. Er sah sich noch einmal nach dem Wacht- mann um und winkte dann den Chef des Hauses.

„Ein Wort, Mr. Vanderhoof! Wie denkt Ihr über den Mann da?" fragte er diesen.

„Gut," sagte der alte Herr bestimmt. „Er ist seit drei Jahren in meinem Dienst und ein Muster der Pflichttreue. Ich habe ihm in der ersten Zeit viele Schlingen gelegt, er bemerkte sie aber nicht einmal. Oh, ihn kenne ich, kenne seine Treue, seine Verhältnisse, er ist all right, der arme Bursche."

„Ihr habt Recht," antwortete der Beamte, „er ist unverdächtig. Laßt ihn aber hier bleiben, ich muß ihn noch einmal verhören. Wollt Ihr, Mister — wie ist Euer geachteter Name? — ah Mr. Sigismund, ich danke, wollt Ihr inzwischen dafür sorgen, daß dem Mann ein Glas heißes Getränk gereicht wird? Er hat's nötig. Und nun bitte ich um Entschuldigung, Gentlemen, ich habe auf fünf Minuten mit meinem Kollegen hier zu thun."

Damit wandten die beiden Beamten sich dem großen, von einem dicken eisernen Laden verwahrten Fenster zu. Es schien unversehrt zu sein. Als aber der Sergeant die Wand befühlte, bewegte sich die Tapete am Rande des Fensters. Er hob sie auf, be= fühlte die Steine der Mauer und trat mit frohlockender Miene zurück. Zwei Schichten der Steine, etwa vier Hände breit, waren lose von unten nach oben aufge= stellt, man hatte den Mörtel herausgebohrt und so ein tiefes Loch gebrochen, welches einen Mann bequem durchließ. Während der Nacht hatte man die Steine einfach herausgenommen, die Tapete gelöst und der Durchgang war fertig.

Die beiden Beamten sahen einander verständnis= innig an.

"Dies ist sicherlich ein Knochen, der sich rollen läßt," flüsterte der Detectiv.

"Ich halte es für eine lange Latte," entgegnete der Kapitän ebenso.

"Sicherlich, sicherlich," nickte der Sergeant eifrig, "aber in dieser Latte haben wir einen vollen Knochen. Die Arbeit ist nicht in einer Nacht gemacht, das ist unmöglich, es muß eine außergewöhnlich lange Latte gewesen sein."

Nun wandten sich die Männer dem sogenannten Zentral-Sicherheitsschranke zu, der einen erbarmungswürdigen Anblick bot. Die nach allen Richtungen verstrahlenden elektrischen Drähte waren zerrissen und hingen von der Decke hinab, die Thüren standen weit offen, die starken eisernen Schlösser waren platt und in Stücke gebrochen, als ob eine Riesenfaust sie mit mächtigem Drucke zerquetscht hätte, und der Boden war mit Steinen, Mörtel, eisernen Fragmenten bedeckt, denn das Dach des Schrankes war emporgehoben und hatte einen Teil des Gewölbes eingedrückt. Mitten in dem Wirrwarr von Stein, Eisen, Staub und Kalk lag ein arg versengtes, zum Knäuel zusammengeballtes Stück Tuch, der zersetzte Rest eines blauen Wollhemdes. Der Sergeant bückte sich, hob es auf, prüfte sorgfältig die Trümmer des großen mittleren Schlosses und zog aus demselben einige angesengte Wollfäden, deren Farbe keinen Zweifel daran zuließen, daß sie ein Bestandteil des Hemdes gewesen seien. Nun wandte er sich seinem Vorgesetzten zu, hielt ihm den Fund hin und lächelte.

Der Kapitän schüttelte ebenfalls lächelnd den Kopf. "Weiß, was Ihr denkt," sagte er, "die Arbeit ist Euch nicht unbekannt?"

"Geräuschlos offengeknackt," flüsterte der Andere, "ich kenne nur einen, der dieses feine Stück Arbeit leisten kann, und meinen Kopf wette ich, daß er's ist, Abteilung III, Papina 241, Nummer 1. Nun —

soll ich noch mehr sagen, Euch näher kommen? Album B, figur 1674. Well?!"

Einen Augenblick sah der Kapitän nachdenklich zu Boden, dann blickte er erstaunt auf. „Beim heiligen Jonas, Cool, Ihr habt Recht. Es ist der Geldspind- knacker, es ist Bill Crookey. Laß' sehen, er ist seit zwei Monaten frei und hat nichts von sich hören lassen. Haha! Mr. Danderhook mag sich zu trösten suchen — seine Millionen sieht er nicht wieder. Doch geht jetzt hinaus und sucht den Knochen zu stampfen, das Rollen überlaßt mir — wenn's hier noch etwas zu rollen giebt."

Eilig entfernte sich der Detektiv, während sein Kapitän sich wieder dem ratlosen Chef der Firma, seinem Prokuristen und dem armen Wächter zuwandte, welcher mit merklichem Behagen heißen Wein aus einem großen Krug schlürfte.

„Nun, Gentlemen, und auch Ihr, Mr. Murphy, hört mich noch einige Minuten an," sagte der Polizei- beamte freundlich, „wir sind mit unseren Untersuchungen sogleich zu Ende. Eine Spur des Verbrechers ist be- reits gefunden und es handelt sich nur noch um die Aufklärung einiger dunkler Punkte. Mir scheint es, als ob die Verbrecher in irgend einem Angestellten dieses Hauses einen Helfer gehabt haben, der ihnen durch lange Vorarbeit den Einbruch erleichterte. Habt Ihr vielleicht einen, wenn auch nur ganz entfernten Arg- wohn gegen irgend einen Eurer Untergebenen, Mr. Danderhook?"

Der alte Herr sah einen Augenblick mit furchtsamer Miene zu Boden, schüttelte sich dann leise, als ob ein

Schauer über seinen Körper liefe und machte eine ab-
wehrende Handbewegung. „Nein," sagte er, „nein, Sir,
ich weiß von keinem Verdacht."

„Und Ihr, Mr. Sigismund?"

Mr. Sigismund schüttelte schweigend das Haupt,
aber auch seine Miene drückte eine unbestimmte
Furcht aus.

„Nun, denn," fuhr der Beamte fort, „so sagen
Sie mir kurz und bündig, Gentlemen, hat außer diesem
Manne Bob Murphy noch irgend ein Anderer hier
die Nachtwachen besorgt?"

Erstaunt sah der Chef auf, auch Mr. Sigismund
fuhr zusammen, aber ehe noch Einer von ihnen zu er-
widern vermochte, sprach der Wächter höchst verwundert:
„By George, die Polizei scheint Alles zu wissen. Ich
bin wirklich zwei Wochen lang krank gewesen und
während der Zeit haben Andere — hm, das heißt,
habe ich hier nicht wachen können."

„So. Und wißt Ihr denn auch, wer Euch vertreten hat? Antwortet mir."

„Nein, das hat man mir nicht gesagt. Im Geschäft, haha, da munkelten sie was von verdammt vornehmen Wächtern, auf die ich stolz sein dürfte, aber
das war wohl nur Unsinn."

„Wieso? Erklärt Euch. Was munkelte man?"

„Nun denn, nehmt's nicht übel, Mr. Sigismund,"
sagte der Wächter schmunzelnd und unterwürfig, „Sie
sagten, Ihr selbst und der junge Mr. Vanderhoof hättet
Euch während meiner Krankheit hier eine um die andere
Nacht aufgehalten und meinen Dienst versehen. Aber

das ist gewiß nichts als Humbug, den mir die Boys
aufbinden wollten."

Der Polizeibeamte öffnete weit die Augen und ein
neuer Gedankengang schien von ihm Besitz zu nehmen,
aber in demselben Moment hatte er sich auch abgewandt,
gleichsam als ob er seine Miene den Andern verbergen
wolle, und begann Notizen zu machen. Als er sich
wieder den Harrenden zuwandte, war seine Miene
freundlich und bis zu einem gewissen Grade gleichgiltig,
wie vorher.

„Nun, Sirs, verhält sich's wirklich so?" sagte er
lächelnd.

„Der Mann hat Recht," entgegnete Mr. Vanderhoof. „Als er erkrankte, war ich unschlüssig, wen mit
seiner wichtigen Funktion zu betrauen. Meine Clerks
würden sich begreiflicherweise geweigert haben, diesen,
nach ihren Begriffen niederen Dienst zu versehen, und
die als Boten beschäftigten Unterbeamten, oder die ganz
jungen Leute kannte ich nicht genau genug, um unter
ihnen meine Wahl zu treffen. Da entschloß sich dann
— ich wünschte dies bis daher geheim zu halten —
in liebenswürdigster Weise mein Prokurist dazu, die
Nächte hier zu verweilen und," setzte der Sprecher mit,
wie es schien etwas heiserer, unsicherer Stimme hinzu,
„mein Sohn, Mr. Miles Vanderhoof, löste ihn ab.
Zwar nicht in der Weise, wie Bob Murphy annahm,
sondern in der folgenden: Mr. Sigismund wachte die
ganze erste Woche, mein Sohn die zweite."

„Ich danke Ihnen. Seit wann ist der alte Wächter
wieder in Dienst?"

„Seit acht Tagen," entgegnete Mr. Sigismund, während Bob Murphy gleichzeitig „dies ist meine siebente Nacht" sagte.

„Noch einmal, ich danke. Und nun, Mr. Sigismund, noch eine Frage, haben Sie während Ihrer Nachtwachen niemals irgend ein verdächtiges Geräusch gehört, wie wenn an der Mauer gekratzt würde?"

Der Prokurist begann seine Hände zu ringen, die Aufregung übermeisterte, die mühsam aufrecht erhaltene Fassung verließ ihn. „Nein, Sir, nichts, keinen Laut," sagte er mit fliegendem Atem, „es war stets alles ruhig. Ist es denn möglich, daß sich gegen mich oder Mr. Miles der Verdacht richtete, weil wir die Nachtwachen ausübten?"

„Allerdings, das wird nicht zu ändern sein," erwiderte der Polizist scharf und wandte sich rasch an den Wächter.

„Aufgepaßt, Bob Murphy, wir kommen jetzt zum Schluß. Strengt Euren Verstand an und beschreibt mir haarklein, wie die beiden Einbrecher aussahen. Vorwärts!"

„Das will ich, Sir, und mit einer Genauigkeit, als ob Ihr sie selbst hier vor Euch sähet," entgegnete der Wächter. „So was vergißt man nicht, Gents. Seht Ihr, — als ich erwachte, stand der Eine hier auf diesem Fleck, dicht vor dem Spind und bohrte. Es war der Kleinere, der Andere war außergewöhnlich groß —"

„Groß, außergewöhnlich groß, sagt Ihr?" fuhr

es dem Chef heraus, der von der Aufregung seines Confidential Clerk angesteckt zu sein schien.

„Ja, Herr," nickte Bob Murphy, „doch erst der Andere. Er arbeitete ohne Mütze und ich bemerkte, daß er einen ziemlich kahlen Schädel hatte —"

„Einen Augenblick —," unterbrach hier der Kapitän, „ich werde fortfahren. Er war ungefähr vier bis fünf Fuß groß, sein Kinn war glatt, die Stirn spärlich mit Haarbüscheln bedeckt, seine Stimme klang rauh, als ob er heiser, schwer erkältet sei, er ging etwas gebückt, und an der linken Hand fehlte ihm der kleine Finger — stimmt es?"

Bob Murphy sah den Beamten mit funkelnden Augen an, Begeisterung, Enthusiasmus malte sich auf seinem Gesichte, aber diese Geistesspur war nur von kurzer Dauer, blitzartig zuckte sie empor und war verschwunden, ungesehen, unbemerkt. Im Nu machte Bob wieder eine einfältige Miene und sperrte den Mund offen.

„Nun, was gafft Ihr, stimmt es oder stimmt es nicht?"

„Es stimmt," sagte er ganz verdutzt, „Ihr scheint ja den Einbrecher zu kennen?"

„Ich kenne ihn. Beschreibt nun den Anderen."

„Well, ihre Gesichter —"

„Konntet Ihr nicht sehen, denn die Burschen trugen Masken — wissen wir!"

„Nun, der Andere war ein sehr großer Bursche — über sechs Fuß schätze ich ihn. Er trug eine Art Kappe, die er über den ganzen Kopf gezogen hatte, als er sich aber bückte, fiel sie ab und nun sah ich, daß er ganz schwarzes, krauses Haar hatte, obgleich er die Mütze eilig wieder über seinen Schädel zog. Er trug einen großen Brillantring und eine gestreifte Hose. Und ehe ich's vergesse, auch einen Vollbart schien er zu haben, jedenfalls war sein Kinn, soweit ich sehen konnte, nicht glatt."

„Gut, Bob Murphy, das ist alles, trinkt nun Euren Wein, Euch brauche ich jetzt nicht mehr," sagte der Beamte. „Doch Ihr, Mr. Vanderhook, sagt mir doch, kennt Ihr vielleicht irgend eine Person, auf welche die — —"

Der Kapitän brach plötzlich ab und sah mit großen Augen auf den Chef des Hauses und seinen Vertrauens= clerk. Unfähig, seinen Gefühlen länger Zwang an= zuthun, hatte der Alte die Hand Mr. Sigismund's er= griffen, den Kopf an seine Schulter gelehnt und schluchzte leise.

„Was geht hier vor," fragte der Beamte hastig, „Sir, Mr. Vanderhook, was bedeutet das?" und als er keine Antwort erhielt, legte sich seine Stirn in Falten, die Augen schlossen sich zur Hälfte, die Lippen preßten gegeneinander, er schien alle Kraft zu sammeln, auf einen einzigen Punkt zu lenken, um das Gewirr der auftauchen= den Meinungen zu durchbrechen. Plötzlich richtete er sich auf und trat auf den Chef zu, ehe er jedoch zu sprechen vermochte, entstand draußen ein Geräusch, die Thür des Safe=Raumes ward geöffnet und der Polizist blieb starr und stumm, einer Bildsäule nicht unähnlich auf dem Flecke stehen.

Auf der Schwelle war ein junger, bildschöner,

außergewöhnlich großer Herr erschienen, er maß sicherlich über sechs Fuß. Das Gesicht umrahmte ein krauser,
tiefschwarzer Vollbart und auch das Haupthaar, welches
in üppiger Fülle unter dem Rande des grauen Filzhutes
hervorquoll, war tiefschwarz und lockig. In wortlosem
Erstaunen ruhte der Blick der großen, etwas matten
grauen Augen auf der Trümmerstätte vor dem gesprengten
Schrank, der in einen Lackschuh gehüllte Fuß, über den
ein gestreiftes Beinkleid herabfiel, haftete an der Schwelle.
Als der junge Mann die Hand erhob, um den Hut
abzunehmen, zeigte sich ein Fingerring mit großem
funkelnden Solitär.

Nun trat der Polizist auf den Chef zu, auf dessen
Antlitz Furcht, Erstaunen, Verwunderung und Zweifel
ihr Spiel trieben, und fragte barsch:

„Wer ist dieser Herr, Sir?"

„Mein Sohn, Mr. Miles Vanderhook," entgegnete
der Alte mit schwerer Stimme und richtete sich hoch auf.

„Nun denn," fuhr der Beamte fort, indem er dem
Ankömmling ein blankes Schild vor die Augen hielt
und ihn gleich darauf an der Schulter berührte, „nun
denn Mr. Miles Vanderhook, im Namen des Gesetzes
verhafte ich Euch — ich, ein Kapitän der New-Yorker
Polizeimacht. Tretet näher, Ihr seid bis auf Weiteres
mein Gefangener."

III.

Kapitän Ulysses Thomson vom elften „Precinct"
der Stadt New-York saß in seiner Office und stützte
den Kopf sinnend mit der Hand. Vor ihm stand Detektiv Cool, der erste Sergeant des Polizeiquartiers. Er

hielt einen kurzen Bleistift zwischen den Fingern und
wartete. Als eine kleine Weile verflossen war, schritt er
leise durch den Raum, hob eine Karte des New-Yorker
Citygebietes von der Wand und breitete sie vor seinem
Vorgesetzten aus. Nun sah der Letztere auf.

„Richtig," sagte er, „Ihr seid mir noch Euren Bericht schuldig. Nun denn, macht es kurz."

„Ihr wißt bereits Alles," entgegnete der Sergeant,
„wie Ihr vermutetet, so fand ich's. Die Gauner über-
kletterten das Gitterthor von Nr. 16 hier in diesem
Block (er deutete auf die Karte), bewegten sich durch den
Hof, überstiegen die Mauer, welche den Hof von Nr. 17
trennt und standen vor dem Fenster der Bank. Die
einzige Entdeckung von Wichtigkeit ist die, daß nicht
allein auf der linken, sondern auch auf der rechten und
unteren Seite des Fensters die Steine gelockert sind, so
daß die Gauner zur Not das ganze Fenster mitsamt
dem Rahmen hätten ausbrechen können. Es fanden sich
die Fußspuren von drei Männern, zwei großen und
einem kleinen, und ferner dieser Fetzen, das Fragment
eines Taschentuches mit bunter Kante. Hier ist es."

Sinnend betrachtete Kapitän Thomson den dargereichten Fetzen, dann wickelte er ihn in Papier, auf
das er einige Zeilen schrieb, und steckte das Packet in
ein großes, bereits mit Schriftstücken angefülltes Amts-
kouvert.

„Es ist gut, Cool, ruft nun die Andern. Ich
werde ihnen ihre Instruktionen erteilen und die Sache
kann ihren Gang gehen."

Detektiv Cool begab sich zur Thür und ließ fünf

Herren eintreten, alle in gewöhnlicher, bürgerlicher Kleidung — Citizen's Dreß —, die sich schweigend vor
ihrem Vorgesetzten aufstellten.

„Gentlemen," begann der Letztere, „Sie sind von
dem Vorgefallenen bereits durch den Sergeanten unterrichtet und es bleibt nur noch übrig, Ihnen Ihre
Stationen anzuweisen. Sie, Mr. Blade, begeben sich in
Begleitung Cool's auf die Suche nach Bill Crookey,
dem Geldschranksprenger, er ist heute früh merkwürdiger-
weise noch in der City gesehen worden, und ich empfehle
Ihnen Beiden: keine übereilte Verfolgung, keine übereilte Verhaftung, nichts als Beobachtung in Ruhe und
Berichterstattung. So viel für Bill Crookey. Sie,
Ewen Torry, treten als Buchhalter des Prokuristen bei
der Firma Robert S. Vanderhoof ein und sehen sich
Ihre Leute an. Mr. Vanderhoof, der Sohn und Confidential Clerk wissen um Ihr Kommen, sind in Alles
eingeweiht. Und nun zu Ihnen, Mrs. Wilden, Schmidt
und Looser, Sie übernehmen die Beobachtung der Firma.
Mr. Wilden beschattet den jungen Mr. Vanderhoof,
Mr. Schmidt den alten und Mr. Looser bürgt mir für
den Prokuristen. Alle drei sind verdächtig. Einer von
ihnen hat ohne Zweifel mit den Einbrechern in Verbindung gestanden. Die Beschattung muß deshalb vollständig ausgeführt werden und ich stelle Ihnen so viel
Leute zu diesem Zwecke zur Verfügung, wie Sie wollen.
Für alle Beschatteten aber, meine Herren, von Bill
Crookey bis zu Mr. Sigismund, gilt die Hauptregel:
Keiner darf die Stadt verlassen oder der Polizei aus
den Augen geraten. Ueber die Bewegungen ist dem

Quartier allabendlich durch Untergebene Bericht zu erstatten. Und nunmehr an Eure Posten, Messres, und
viel Glück! Guten Tag, Gentlemen!"

„Guten Tag, Sir," entgegneten die Detektivs und
entfernten sich eilig, nur Cool blieb auf einen Wink
seines Herrn zurück und wartete.

„Seht her, Sergeant Cool," sagte der Chef, „hier
ist noch ein besonderer Auftrag für Euch. Liegt der
Fall, wie ich vermute, dann kann nur Detektiv P. vom
sechsten Precinet helfen. Wir müssen ihn uns leihen
und in das Einbruchshaus schicken. Was meint Ihr?"

Der ergraute Sergeant lächelte. „Ihr habt Recht,
Kapitän. Wenn's der junge Bursch' ist, der den Gaunern
die Fährte gezeigt hat, dann kann Detektiv P. am
sichersten helfen. Soll ich Ordres ins sechste Quartier
bringen?"

„Ja, das sollt Ihr. Uebergebt dem Kapitän dieses
Kouvert und ersucht ihn, Detektiv P. auf der Stelle ab-
zufertigen. Hier! Und nun vorwärts!"

Der Detektiv nahm das dargebotene Kouvert, das-
selbe, in welchem der bunte Sacktuchfetzen Unterkunft
gefunden hatte, grüßte und schritt eilig hinaus.

IV.

Ein Nachmittag in der sechsten Avenue zu New-
York. Wohin soll das Auge sich zuerst wenden, welche
Geräusche soll das Ohr zuerst aus dem Wirrwarr der
Laute herausschälen und zum Bewußtsein bringen?
Geschäftige Bewegung überall, tief unten in der Straße,
vor den hohen Schaufenstern und hoch oben in den
Lüften. Glockenläutend winden unzählige „Cars", die

Wagen verschiedener Pferdebahnlinien ihren Weg durch
die bunte Menge von Geschäftswagen, Cabs und gummi-
bereiften Privatgefährten, die der unfernen „Fifth
Avenue", dem Krösusviertel des amerikanischen Conti-
nents, entgegeneilen. Ueber die Köpfe der Passanten
hinweg donnern die Züge der Hochbahn, deren eisernes
Pfeilergebäude sich durch die ganze Länge der Avenue
zieht — und modern amerkanisch: eine eiserne Allee —
die Straße in dämmerigen Schatten einhüllt. Tief
unten wogen in breiten Strömen die Passanten, hier
auf der rechten, dort auf der linken Seite der Fußsteige
fortschreitend, so will es die Selbstregierung der prak-
tischen New-Yorker Bevölkerung. Ein großer Teil der
elegant gekleideten Ladies und Gentlemen besteht aus
Farbigen — „Niggerbroadway" nennt der Volksmund
die sechste Avenue — und manche eklig nobel auf-
gedonnerte Dame unterscheidet sich, von hinten gesehen,
durch nichts von ihren weißen Schwestern. Wehe aber,
wenn sie den Kopf wendet! Ein Schreck fährt dem
weißen Gentleman, welcher der junonischen Erscheinung
bewundernd gefolgt ist, durch die Adern, wenn die ver-
meintliche Schöne ihm ihre wulstigen Lippen, ihre flache
Nase, das krause, verbrannte Haar und die glänzend
schwarze Haut zeigt und er seinen Irrtum gewahr wird.
Die farbigen Herren, welche hier ebenfalls in großer
Anzahl vertreten sind, fallen durch ihre, gelinde gesagt,
herausfordernde Kleidung auf. Nichts von den Lumpen
der berüchtigten Bleekerstreet, dem eigentlichen Neger-
viertel der Metropole, ist hier zu entdecken. Gestreifte
Beinkleider, weiße Westen, gigerlmäßige Ueberzieher,

hohe, weithin glänzende Cylinder und eine wahre Fülle
von Schmuckgegenständen sind hier vorherrschend. Die
weißen Geschäftsleute müssen sich solchem Glanze gegenüber eigentlich verkriechen — aber sie sehen lächelnd
auf die schwarzen Emporkömmlinge nieder — es sind
eben Kinder; die junge Civilisation, die sich kaum über
eine Generation erstreckt, hat sie noch nicht zu ändern
vermocht. Auch die einfach gekleideten amerikanischen
Damen schenken dem gewohnten Anblick ihrer schwarzen,
diamantenbeladenen Schwestern keine Beachtung. Eilfertig gehen sie ihren Geschäften nach, oder der an-
genehmen Zerstreuung des „shopping", des Besuchens
der reich ausgestatteten Kaufläden. — An der Ecke
des Broadway, da wo dieser die sechste Avenue durch-
schneidet, stand eine junge, schlanke Dame und sah
prüfend zu dem gewaltigen Eckgebäude empor. Ihrer
ganzen geschmeidigen Erscheinung nach konnte sie kaum
achtzehn Jahre zählen. Sie trug ein faltiges blaues
Kleid mit schwach angedeuteter Schleppe und ein
schwarzes Jacket mit ebenso schwach angedeutetem Stuart-
kragen. Ueber den kleinen, eleganten, kahnförmigen Hut
senkte sich ein schwarzer Schleier herab, der das Gesicht
bis zu den vollen Lippen und dem rosigen Kinn bedeckte. Er verbarg und verriet zu gleicher Zeit das
lebhafte, glänzende Auge; dies ließ sie nicht verhüllen.
Ihrem ganzen Aeußern, der ungewählt schneidigen
Kleidung, der vornehmen Haltung nach, schien die junge
Dame eine Busineß-Lady zu sein, die sich im Umgang
mit vielen Menschen etwas von der ungezwungenen
Eleganz des Weltmannes angeeignet hatte, ohne des-

wegen von ihrer Weiblichkeit nur den geringsten Teil
einzubüßen.

Das palastartige Eckgebäude, welches von der jungen
Dame einer so eingehenden Prüfung unterzogen wurde,
war das Bankhaus Robert S. Vanderhook. Langsam
wandte sie sich um, sah noch einmal wie suchend die
Straße hinab und schritt in's Haus. Zur Rechten lag
die große Office, hinter deren vergitterten Scheidewänden
etwa vierzig Clerks schweigend an ihren Pulten saßen.
Einer derselben trat an die Barrière und winkte der
Besucherin, sich ihm zu nähern.

„Sie wünschen, junge Dame?"

„Ich möchte mit Mr. Miles Vanderhook sprechen."

„Ah, den jungen Herrn Vanderhook — all right!
Wenden Sie sich nur zunächst an Mr. Sigismund,
dem Geschäftsführer, er sitzt da oben in der Ecke, ganz
am Ende der Office. Sehen Sie? dort!"

Mr. Sigismund machte ein saures Gesicht, als die
Besucherin vor ihn hintrat.

„Junge Dame, Ihr werdet heute wohl kein Glück
haben," sagte er mit einem kurzen Blick auf die Gestalt
des Mädchens; „ich errate nämlich, weshalb Ihr kommt.
Wir suchen eine junge Dame zur Bedienung der Schreibmaschine und Ihr wollt Euch um diesen Posten be-
mühen. Ist's nicht so?"

„Ich habe nur gebeten, daß man mich Herrn Miles
Vanderhook melde!" entgegnete sie ausweichend.

Der Confidential Clerk schüttelte den Kopf. „Well,
handelt es sich um ein geschäftliches Anliegen?"

„Allerdings!"

„Und Euer geachteter Name, young Lady?"

„Mary Collins."

„Danke. Tretet in's Privat-Comptoir Mr. Vanderhook's hier, bitte. Ich werde mich mit ihm in Verbindung setzen."

Während die junge Dame sich in einen Sessel der
auf's eleganteste ausgestatteten Office niederließ, begab
Mr. Sigismund sich in's Telephonzimmer, legte eins
der Schallrohre an's Ohr und berührte den Weckknopf.

Hoch oben im dritten Stockwerk des Gebäudes, in
einem kleinen abgeschlossenen Raume, der jenem, in
welchem Mr. Sigismund stand, auf's genaueste glich,
ertönte in demselben Augenblick eine Glocke, Schritte
näherten sich, und die hohe Gestalt des jungen
Mr. Vanderhonk trat über die Schwelle.

„Nun denn, warum stört man mich schon wieder?"
sagte er, gegen die Sprechscheibe des Apparates gewendet,
„ah, Sie sind's, Mr. Sigismund, so so. Wie war der
Name? Miß Collins? Kenne ich nicht. Aber bitte
warten lassen, ich komme so bald wie möglich!"

Gesenkten Hauptes verließ Mr. Vanderhook den
Raum und begab sich in eine verhältnismäßig kleine,
aber mit verschwenderischem Luxus ausgestattete Office
in demselben Stockwerk. Weiche Teppiche bedeckten den
Fußboden, die Zimmerdecke war mit bunter Stuckarbeit
besäet und zwischen den kostbaren Gemälden, die wohl-
geordnet an den Wänden hingen, schimmerten gold-
glänzende Tapeten. Inmitten dieser Herrlichkeiten saß
der Chef des Hauses, das kummervolle Gesicht dem
Boden zugewendet, die geballte Faust, wie verzweifelt,
weit von sich auf den Tisch geschoben. Die hohe Ge-

stalt des Greises schien zusammengesunken, des inneren
Haltes beraubt. Feuchte Thränenspuren glänzten auf
den faltigen Wangen, müde sah das Auge in's Leere.

Als der junge Mann eintrat und sich gemessenen
Schrittes näherte, erhob sich der Alte und in seinen
Augen flammte es auf.

„Es ist meine eigene Schuld, Miles," sagte er mit
bebender Stimme, — „die Vorwürfe, die ich Dir machte,
treffen zum Teil mich selbst. Deine Mutter starb früh,
Du warst noch ein Knabe, und meine ganze Liebe
übertrug sich auf Dich. Ich habe Dich verzogen, verdorben, weil ich nicht stark genug war, Dir Deine
Wünsche zu weigern. Auf Dein Herz baute ich, auf
Deine Liebe zu mir, auf Deine Dankbarkeit —"

Miles schüttelte unmerklich den Kopf. „Du hast
Dich nicht geirrt, Vater," sagte er leise.

„Wie! Ich hätte mich nicht getäuscht? Hast Du
seit zwei Jahren einen Augenblick für mich übrig gehabt — — ja, haha, es ist wahr, ich vergesse alle jene
Augenblicke, in denen Du meiner Hülfe bedurftest, um
Deinen Ausschweifungen zu fröhnen. Ich gab Dir mit
vollen Händen, die Zeit der Sättigung wäre nicht fern,
hoffte ich — — aber — aber, Miles, daß es dahin
kommen mußte — — —"

„Wohin!?" brauste der Jüngling auf. „Komm',
komm', laß' uns offen reden! Hältst Du mich eines
Verbrechens fähig? Konnte nur einen Augenblick der
Gedanke in Dir Wurzel fassen, daß ich ein gemeiner
Dieb, ein Einbrecher — der Complice von Gaunern

sei — dann laß' mich dieses Hauses auf der Stelle verlassen und ich habe keinen Vater mehr!"

Der Alte schüttelte den Kopf. „Nicht diesen Ton,
Miles, er geziemt Dir nicht. Der Schein ist gegen Dich
und Du thust nichts, ihn zu beseitigen!"

„Ich kann nicht!"

„So mußt Du auch dulden, daß man Dich bearg-
wöhnt. Höre mich an: Vor drei Wochen kamst Du zu
mir und verlangtest eine Summe, die mir zur Führung
meines Haushaltes auf ein Jahr genügt. Ich weigerte
sie Dir — zum ersten Mal verweigerte ich Dir einen
Wunsch. Es war ein Versuch, Miles. Was wird er
nun thun, dachte ich, wird er in sich gehen? Ich beobachtete Dich scharf — unterbrich mich nicht — beobachtete Dich auch da, wo Du Dich sicher wähntest.
Es ist mir nicht unbekannt, daß Du Deine Nächte mit
Spielern verbringst, die der Polizei zum Teil sehr bekannt sind, ich weiß, daß Du Tausende gewonnen, aber
auch Tausende verloren hast. Aus welcher Quelle er-
setztest Du die verspielten Summen? Die Gewinne
deckten sie nicht, denn auch Deine übrigen keineswegs
wohlfeilen Passionen habe ich in den Bereich meiner
Beobachtungen gezogen."

„Vater, das soll anders werden, ich schwöre es
Dir," sagte Miles, während seine großen grauen Augen
offen zu dem Greise hinübersahen, „es ist seit langer
Zeit Dein Wunsch, daß ich mich verheirate, und —
nun, warum es verschweigen? seit Kurzem trage ich
mich ernstlich mit dem Gedanken, Deinen Wunsch zu
erfüllen. Zwar fiel meine Wahl auf ein armes Mädchen, aber — —"

„Schweife nicht ab, Miles," unterbrach der Greis den Sprecher, „nicht von der Zukunft ist die Rede, sondern von der Gegenwart. Hätte ich nicht meine Ehre verpfändet, so ständest Du nicht hier, Du wärst in Haft — eines Verbrechens wegen — und der Name Vanderhoof wäre geschändet, die Firma ruiniert. Fühlst Du denn nicht, in welcher fürchterlichen Lage ich mich befinde? Ich weiß ja nicht, ob ich Dir glauben darf. Dein ehrliches Gebahren, Dein Aufbrausen, Deine weichen, einschmeichelnden Worte können die höllischen Künste eines Bösewichts sein, der bei Verbrechern in die Schule gegangen. Ich bin irre an Dir geworden. Vor drei Wochen verlangtest Du ein kleines Vermögen von mir, das ich Dir verweigerte. Soll ich glauben, Du habest allen den Ausschweifungen, die Dir zur Ge-wohnheit geworden, so schnell entsagt? Sieht der Ein-bruch, sieht der Raub des Geldes nicht einer Antwort auf meine Weigerung gleich? O, Gott. Miles! Miles, wenn meine fürchterliche Ahnung zur Gewißheit würde! Wenn ich meinen Sohn auf ewig verloren hätte! Nein, nein, ich kann es nicht glauben, der Gedanke vernichtet mich -- — sprich zu mir, Kind, sprich zu mir, ich verzweifle!"

Miles sah voll Mitleid auf den Greis nieder, der in seinen Sessel zurückgesunken war und das Gesicht mit den Händen bedeckte. Ein tiefer Atemzug rang sich aus der Brust des jungen Mannes empor, seine Lippen zitterten.

„Beim allmächtigen Gott, ich bin unschuldig," sagte er eindringlich, „ich weiß es, der Schein spricht

gegen mich, aber ich schwöre es Dir, niemals ist mir
ein unehrenhafter Gedanke in den Sinn gekommen —"

„Und wer war jener große Mann mit dem dunkel
gelockten Haar, der Einbrecher, welcher Dir bis in's
kleinste gleich sah?"

„Weiß ich's, Vater?" Doch die Annahme liegt
nahe, daß die Gauner, die meine Lebensweise und —
und meinen Ruf kennen mochten, diese Maske wählten,
um mich zu verdächtigen. Sie rechneten vielleicht darauf,
daß ich fliehen würde, um dem Skandal einer Unter=
suchung auszuweichen, aber Sie täuschten sich, denn ich
bleibe, wenn Du selbst mich nicht gehen heißt!"

„Wolltest Du auch, Miles, Du könntest nicht fort!
Man bewacht Dich auf Schritt und Tritt. Man glaubt,
daß Du, sobald die Aufregung sich gelegt hat und die
polizeiliche Wachsamkeit nachzulassen beginnt, mit Deinem
Raube das Weite zu suchen beabsichtigst."

„Mit meinem Raube?! Warum richtet sich der
Verdacht gegen mich allein?! Warum nicht gegen Bob
Murphy?!"

„Er war bis jetzt in Haft. Man hat Haus=
suchung bei ihm gehalten, ihm selbst förmlich das
Innerste nach Außen gekehrt — nichts deutet auf seine
Schuld, auf seine Mitwissenschaft hin. Sein Körper ist
mit Beulen bedeckt, Spuren der empfangenen Mißhand=
lungen; unendliche Qualen hat der Aermste heut' Nacht
erduldet — überdies kennen wir seine Ehrlichkeit, seine
Beschränktheit, die sich niemals zu solchem Unternehmen
aufschwingen könnte. Nein, Miles, die Polizei that
recht, ihm vollen Glauben zu schenken."

„Auch ich beargwöhne den Wächter nicht," nickte Miles; „aber wie steht's um Mr. Sigismund? hat nicht auch er die Wachen ausgeübt?!"

„Taste mir nicht meinen Vertrauensclerk an," entgegnete Mr. Vanderhook streng, „diesen Mann, der durch Jahre lange Treue, aufopfernde Mitarbeit mein Freund geworden!"

„Der Polizei kann diese Freundschaft gleichgültig sein, Vater. Mancher Biedermann hat sich hinterher schon als Schurke entpuppt. Ich selbst bin frei von Argwohn gegen Mr. Sigismund oder irgend einen andern unserer Angestellten. Aber die Thatsache bleibt doch bestehen, daß auch Mr. Sigismund die Nachtwachen ausgeübt hat und daß er jedenfalls besseren Einblick in unsere momentanen Bestände hatte, als ich."

„Er hatte keinen Doppelgänger unter den Einbrechern!"

„Wahr!"

„Er vermag genau anzugeben, wo er die Stunden der Nacht verbracht hat."

„Auch ich!"

„Auch Du? Klingt Deine Erzählung nicht wie ein Märchen? Muß sie nicht Jeden, der sie hört, in seinem Verdacht bestärken? Einige Freunde kommen spät Nachts aus dem fernen Westen, begeben sich in Deiner Begleitung zu Schiffe und fahren nach Europa. Nun da man diese Freunde braucht, damit sie Deine Aussage bekräftigen, befinden sie sich auf dem Ocean."

„Ja, aber in vierzehn Tagen werden sie in Liver-

pool landen und telegraphisch alles, was ich sage, bestätigen!"

„Pah! der Polizei können diese Freunde gleichgültig
sein — ich spreche mit Deinen Worten. Sie nimmt
weit eher an, es seien Deine Spießgesellen, die den Raub
nach England in Sicherheit brachten, bis Du selbst nach-
folgst."

„Wenn man das annimmt, ich kann es nicht
hindern!"

„Aber die Namen dieser Freunde kannst Du nennen!"
Ueber das Antlitz des jungen Mannes huschte ein
Lächeln des Zornes. „Ich werde mich hüten," sagte er
verächtlich. „Noch baue ich darauf, daß die Polizei
von ihrer falschen Fährte abläßt und auf die wirklichen
Thäter fahndet, so lange es noch Zeit ist. Ich werde
mich hüten, meine guten Freunde und deren hoch-
angesehene Familien in's Unglück zu stürzen. Soll man
sie in England als Einbrecher verhaften, nach Amerika
zurücktransportieren und ihnen den Prozeß machen —
nur weil sie das Unglück hatten, von mir gestern Nacht
zu Schiffe geleitet worden zu sein? Das kannst Du
nicht verlangen, Vater. Ich handle, wie ich handeln
muß, indem ich dulde und schweige. Und dies, Vater,
ist mein letztes Wort!"

„Nun denn, Miles, so ist unsere Unterredung zu
Ende. Du hast es nicht vermocht, meine Besorgnisse
zu zerstreuen. Aber auch ich will zunächst dulden und
schweigen. Ich muß ja auch, und vielleicht wußten's
die Einbrecher. Bei der geringsten Nachricht, die vom
Geschehenen in die Oeffentlichkeit dringt, wird man die

Bank stürmen, und wir sind ruiniert. Gehe hin, Miles. Gebe Gott, daß alles sich zum guten wende!"

Miles neigte sich, drückte schweigend einen Kuß auf die Hand des Greises und schritt hinaus.

Alles ward still in dem kleinen Raum. Der Chef der weltberühmten Firma ließ sich in die weichen Polster seines Stuhles zurücksinken, schlug die Hände ineinander und blickte mit kummervoller Miene zu Boden. Inmitten der ausgesuchten Pracht des Raumes, den kostbaren Gemälden, goldenen und silbernen Geräten wirkte das Bild des Greises wie eine Satire auf die Glückseligkeit der goldstrotzenden amerikanischen Plutokratie.

V.

Fräulein Mary Collins hatte lange gewartet.

Jetzt erhob sie sich schnell und trat, wie es schien, auf's höchste erschrocken, einen Schritt zurück. Auch Mr. Vanderhook hemmte erstaunt seinen Schritt, ehe er vollends in's Zimmer trat und die Thür hinter sich schloß.

„Mein teures Fräulein, Sie sehen mich erstaunt," sagte er mit aufleuchtenden Augen, „doch bitte ich, mein Staunen nicht mißzudeuten. Ihr Besuch überrascht mich, aber er ist mir nichts desto weniger sehr willkommen — das dürfen Sie mir glauben."

„Ich glaube es," entgegnete sie mit feinem Lächeln und hob den dunklen Schleier, so daß dem Herrn der Office ein rosig zartes Gesichtchen mit braunen blitzenden Augen entgegenleuchtete. „Allein ich dachte nicht an Sie, als ich mich hierher begab, glaubte nicht, Sie hier zu finden. — Sie brauchen sich also keinen Jullusionen hinzugeben."

Mr. Miles lehnte sich an seinen Schreibsessel und blickte die schöne Besucherin gespannt an. „Das ist ja interessant — aber darf ich fragen, womit ich Ihnen dienen kann? Sie wissen es ja selbst, daß ich jeden Ihrer Wünsche nur zu gern erfülle, wenn ich darf."

„Sie sollen mich bescheiden finden, Sir. Ich wünsche lediglich Herrn Danderhook zu sprechen."

„Miles zögerte, sein blasses Gesicht bedeckte sich mit feiner Röte, dann sah er auf und strich mit den Fingern nervös durch seinen lockigen Bart.

„Nun denn, ich stehe zu Ihrer Verfügung, Miles Vanderhook bin ich selbst."

Einen Augenblick starrte die Besucherin den jungen Mann an, dann schritt sie rasch auf die Thüre zu, unzweifelhaft in der Absicht, sich zu entfernen. Aber ebenso schnell war auch Miles vor sie hingetreten und ergriff ihre Hände.

„Was Sie auch hergeführt haben mag, Lydia," sagte er hastig, „hören Sie mich, ehe Sie ein Urteil über mich fällen. Es ist wahr, ich habe Sie seit Wochen mit meinen Anträgen verfolgt und mich dabei eines angenommenen Namens bedient, doch beim Himmel, glauben Sie mir, es geschah nicht in verwerflicher Ab-sicht. Ich liebe Sie, Lydia, nein, hören Sie mich zu Ende, ich liebte Sie, Lydia, und fühlte wohl, daß mit dem Nennen meines Namens jeder Verkehr abgeschnitten wäre. Miles Vanderhook, der Verschwender, der Spieler, der in männlicher und weiblicher Gesellschaft schlimmster

Sorte das Geld mit vollen Händen ausstreut, dieser
Miles Vanderhook vermag nicht, in ehrenhafter Absicht
um ein Mädchen zu werben, so hätten Sie sich gesagt,
und meine Aufmerksamkeiten ohne Weiteres zurück-
gewiesen. Aber ich bin besser als mein Ruf, Lydia,
so weit es uns beide betrifft, bin ich's. Alles, was ich
Ihnen gesagt habe, halte ich aufrecht, wenn ich mich
nun auch wohl oder übel aus dem bescheidenen Beamten, der Ihnen seine Liebe antrug, in den Sohn des
Millionärs Vanderhook verwandeln mußte!"

Miß Collins zog ihre Hände langsam zurück und
sah zu Boden.

"Sie vergessen, Mr. Vanderhook, daß ich auch dem
Beamten keine Aussicht gab, auf Erhörung zu hoffen.
Daß der Beamte sich in den bekannten Miles Vanderhook verwandelt, ist ein Schritt rückwärts. Der uner-
meßlich reiche Bankier und die arme Lydia, wir leben
nicht in einer Märchenwelt!"

"Oh, Lydia, wie falsch Sie mich beurteilen und
wie richtig ich Sie erkannt habe. Nicht allein Ihre
Schönheit, auch Ihr ungeheurer Mädchenstolz haben es
mir angethan. Ich fühlte, daß ich Ihnen, Ihnen allein,
meinen Namen verschweigen müsse, der mir in allen
Lagen und Verhältnissen wie einen Fürsten die Wege
ebnet. Nicht allein die Menge, auch manche stolze
Schönheit, die in den Augen der Welt als eine Tugend-
heilige dahinschreitet, beugt sich heimlich dem allgewaltigen
Dämon Mammon. Bei Ihnen, zum ersten Mal, ich
gestehe es, verließ mich die bis zum Cynismus aus-
geartete Sicherheit, meine Geldsäcke versanken, ich fühlte

die Schwäche meines Namens und meiner Lebens-
führung, denn ich liebte Sie. Das ist meine Erklärung
meines Handelns. Zürnen Sie mir nun, Lydia?"

Das Mädchen schüttelte leise den Kopf. „Lassen
Sie uns von Wichtigerem sprechen," sagte sie, nicht un-
willig, aber etwas verlegen und ungeduldig, „ich weiß
nun, daß Sie Mr. Miles Vanderhook sind —"

„Sie kamen hierher, um mit mir zu sprechen, beinahe hätte ich's vergessen," fiel Miles ein, während er
sich an seinem Schreibtisch niederließ und der Besucherin
einen Sessel hinschob. „Es ist ein eigenartiger Zufall.
Was mag Sie hergeführt haben, Lydia?"

„Ob ich's jetzt noch sagen darf?" entgegnete sie
zögernd, um dann schnell und entschlossen fortzufahren.
„Doch es muß sein. Ich bin in der Lage, mich um
diesen Posten bewerben zu müssen."

„Einen Posten?"

„Sie suchen eine Dame zur Bedienung der Schreibmaschine."

„Wie? Und Sie sind gekommen, sich um diese
Stellung zu bewerben, Lydia?"

„Ja, Mr. Vanderhook, falls ich Ihnen genüge
und meine Ansprüche nicht unbescheiden sind. Ich erhielt in meiner letzten Stellung —"

„Lydia!" der junge Mann sprang auf und breitete
abwehrend die Hände aus, „nichts davon, nichts von
Bedingungen. Mit Vergnügen würde ich ohne jede
Gegenleistung Ihren Unterhalt bestreiten, aber auch
davon nichts! Ich weiß es ja aus Erfahrung, daß
Sie mein Anerbieten zurückweisen würden. Also bleiben

wir bei der Stellung als Typewriter. Die Salairfrage wird zwischen uns persönlich abgemacht. Was denken Sie von — nun, sollten Ihnen 50 Dollars per Woche genügen?"

Miß Collins schüttelte den Kopf. „Wenn es Ihnen damit Ernst ist, mir die Stellung zu geben (und ich bedarf ihrer), dann nichts mehr von einem Gehalt in solcher Höhe. Ich erhielt früher 15 Dollars. Eine Freundin in ähnlicher Stellung verdient zwar 25 Dollars. — Das ist wohl das höchste, was für einen Typewriter gezahlt wird. Wenn Ihnen also dieses Salair nicht zu hoch erscheint — —"

„Angenommen, angenommen. Sie sind mit 25 Dollars engagiert."

„Ich danke Ihnen. Und wann soll ich antreten?"

„Why — auf der Stelle. Glauben Sie, ich lasse Sie jetzt wieder von meiner Seite? Machen Sie sich's bequem und nehmen Sie Platz — hier, auf dieser Seite des Tisches finden Sie Ihren Sitz, mir gegenüber."

Die junge Dame legte Hut, Schleier und Jackett ab, zog die Handschuhe aus und nahm ohne Weiteres Platz, um die Schreibmaschine, welche auf dem Tische stand, einer eingehenden Prüfung zu unterwerfen. Lächelnd schaute Miles auf die weißen, schlanken Finger des Mädchens, dann schüttelte er leise, wie im Traum, den Kopf und trat ans Fenster, um sinnend auf die Straße hinabzublicken. Unten wälzte sich der ganze ohrenbetäubende Tumult des Verkehrs auf und ab, aus der sechsten Avenue in den Broadway und zurück, wie die Wogen der sturmgepeitschten See.

Dem Hause gerade gegenüber, an den Pfahl einer Laterne gelehnt, stand ein Mann und hielt seinen Blick unablässig auf die Fenster der Bank gerichtet. Der Mann fiel auf. Er allein stand still in dem Gewoge eilender Menschen, das ihn auf allen Seiten umflutete. Die knüppelbewaffneten Polizisten, welche von Zeit zu Zeit den Laternenpfahl passirten, warfen einen schnellen Seitenblick auf den unbeweglichen Beobachter und setzten ihren Weg fort, kein barsches „Move on" entfloh ihren Lippen. Erst als der lockenumwallte Kopf des jungen Vanderhook am Fenster erschien, kam Leben in die Gestalt des Harrenden. Langsam wandte er sich um und schritt die Straße hinab, doch an der Ecke blieb er abermals stehen, sah zurück nach den Fenstern der Bank und stellte sich schließlich in die Thorhalle eines Gebäudes.

Miles hatte den Fremden und sein eigentümliches Gebahren wohl bemerkt. Ein Verstehen schien blitzschnell über ihn zu kommen und den sonnigen Traum, mit dem die Nähe der schönen Lydia — oder, nannte sie selbst sich nicht Mary — — Mary Collins? — ihn umsponnen hatte, zu zerstreuen. Mit gefalteter Stirne trat er zurück ins Zimmer an den Schreibtisch um auf einen unterhalb desselben angebrachten elektrischen Knopf zu drücken. Zwei Sekunden später öffnete sich die Officethüre und Mr. Sigismund erschien auf der Schwelle.

„Sind Sie jetzt bereit, Sir, den Herrn zu empfangen?" fragte er.

Miles nickte. „Lassen Sie ihn nur erscheinen."

Nun erschien ein zweiter Gentleman, und die Thüre schloß sich. „Mr. Vanderhook," sagte der Prokurist leise, „ich habe die Ehre, Ihnen Herrn Owen Torry vorzustellen, der sich im Dienste unseres Polizeiquartiers auf unbestimmte Zeit bei uns aufhalten wird."

„Ich danke," entgegnete Miles, ebenfalls leise und mit einem Seitenblick auf die junge Dame, „ich danke, Mr. Sigismund. Und falls Sie, Gentleman, irgend- wie meiner Hülfe bedürfen, stelle ich mich Ihnen mit Vergnügen zur Verfügung." Der Detectiv verneigte sich.

„Sehr angenehm Sir. Wenn nötig, werde ich mich an Sie wenden. Zunächst mache ich Sie ergebenst darauf aufmerksam, daß ich den sämtlichen Ange- stellten gegenüber, hier die Stellung eines Buchhalters bekleide, welcher speziell Mr. Sigismund untergeordnet ist. Auf diese Weise ist es mir leicht, mich mit den Angestellten bekannt zu machen und meine Nach- forschungen zu betreiben. Doch — — um Vergebung, Mr. Vanderhook, wer ist die junge Dame hier?"

„Ach so — ja, auch Ihnen muß ich das Fräu- lein noch vorstellen, Mr. Sigismund," entgegnete Miles, während er sich dem Mädchen näherte, „ich habe die junge Dame heute zur Bedienung der Schreibmaschine engagiert, tragen Sie den Namen gefälligst in unsere Listen ein: Miß Lydia Horn — — dieser Herr, Miß Horn, ist unser Prokurist Mr. Sigismund!"

Lydia verneigte sich lächelnd, aber der Confidential Clerk erwiderte die Höflichkeit nicht, er machte eine er- staunte, irritierte Miene und sah zu Boden. Auch Mr. Torry, der Detectiv, schien überrascht — oder spiegelte sich das Erstaunen des Prokuristen nur in seinem glatt rasierten Gesicht wieder? Die Worte, welche er wenige Sekunden später äußerte, ließen wenigstens diesen Schluß zu.

„Ist Euch etwas aufgefallen, Sir?" fragte er leise. „Ihr scheint erstaunt zu sein."

Mr. Sigismund erwachte. „Aeußertet Ihr nicht, der Name dieses Fräuleins sei Miß Lydia Horn?" sagte er laut.

„Miß Lydia Horn," wiederholte Miles.

„Das stimmt nicht," fuhr der Prokurist nun in sicherem Tone fort, „Ihr müßt Euch irren. Die junge Dame meldete sich unter einem anderen Namen an. Er lautete — hm —— ja, er lautete Mary Collins!"

Nun war das Ueberraschtsein an Miles. „Miß Collins! In der That, diesen Namen meldeten Sie mir. War vielleicht eine zweite, eine andere Dame hier?"

„Nein, Sir!"

Alle drei Gentlemen sahen erwartungsvoll auf die junge Dame — Miles mit ermutigendem Lächeln, der Prokurist mit verstörter, nahezu entsetzter Miene und der Pseudo-Buchhalter mit sichtbarem Unbehagen.

Auch Lydia schien erstaunt. Lachend, mit großen Augen, sah sie den Confidential Clerk an.

„Der Irrtum ist sicherlich auf Eurer Seite, Mr. Sigismund; ich heiße Lydia Horn — einen anderen Namen konnte ich Euch also nicht nennen."

Der Prokurist verlor die Fassung. „Unmöglich!

Wie? Ihr hättet Euch wirklich nicht Mary Collins genannt?"

„Nein, Sir, ich höre diesen Namen zum ersten Male."

„Nun, dann habt Ihr Euch geirrt," nahm nun der Detectiv das Wort, indem er sich an den Prokuristen wandte und leise hinzusetzte: „Es wundert mich nicht, Mr. Sigismund, Ihr seid sehr erregt, da kann man sich schon einmal verhören. Laßt uns jetzt wieder in die Office gehen, unsere Zeit ist kostbar."

Der Confidential Clerk blieb hartnäckig auf seinem Platze stehen. So etwas war ihm noch niemals passiert, er begann für seinen Verstand zu fürchten. „Nehmt's nicht übel, wenn Ihr mich zerstreut seht, Gentlemen," sagte er, „die Sache ist mir rätselhaft. Wie konnte ich zu dem fremden Namen kommen, Miß Collins, so lautete die Meldung, die ich Ihnen machte."

„Es stimmt, Alter," entgegnete Miles gemütlich, „aber beruhigt Euch nur. Der Irrtum wird sich schon aufklären. Für diese Dame hafte ich, sie heißt Miß Lydia Horn, ich kenne sie nicht erst seit heute. Und nun kommt, Gentlemen!"

Inzwischen begaben sich alle drei Herren in die Hauptoffice und Lydia blieb allein. Nachdem die Thüre sich geschlossen hatte und alles still geworden war, erhob sie sich leise, schritt auf den Zehenspitzen durch's Zimmer und blieb horchend an der Thür stehen. Nun? Was bedeutete das? Sollte der Argwohn, der blitzartig in dem verstörten Gemüte Mr. Sigismund's aufgetaucht war, sich bestätigen? Hm, und der Detectiv, der so

leicht, ja, wie es schien mit Absicht über die rätselhafte
Namensverwechselung hinweggeeilt war, welche Bewandt=
niß hatte es mit ihm? War er mit dem Mädchen
im Einverständniß, waren beide vielleicht Betrüger? — —

Einen Augenblick stand Lydia horchend an der
Thür, dann löste sie hastig ein Kettchen aus dem Knopf=
loch, warf es zu Boden und huschte geräuschlos, mit
allen Zeichen der Vorsicht, in den Hintergrund des
Zimmers. Hier stand ein kleiner, eleganter Kleider=
schrank. Noch ein Moment des Horchens und die
weißen Händchen der jungen Dame begannen in den
Kleidungsstücken, die hier hingen, herumzuwühlen. Ganz
vorn hing ein grauer Ueberzieher — die Brusttasche nach
außen. Sie war leer. Auch die Seitentaschen — alles
leer. Aber hier, in der inneren, rechtsseitigen, wenig
benutzten Brustseite schien etwas weißes zu stecken. Ja,
ein Tuch! Rasch war es hervorgezogen und gegen das
Licht gehalten. Es war ein weißes Taschentuch mit
bunter Kante — rein und neu, aber eigentümlicher=
weise nicht ganz vollständig. Eine Ecke fehlte. Sie
war augenscheinlich abgerissen oder abgeklemmt. Ohne
Besinnen riß Miß Lydia eine zweite Ecke ab, ließ sie
in den Falten ihres Kleides verschwinden und steckte das
Tuch wieder in die Rocktasche, um dann den Schrank
zu schließen und in's Zimmer zurückzukehren.

In diesem Augenblicke öffnete sich die Thüre und
Miles trat ein. Sein erster Blick fiel auf das Mädchen,
welches mitten im Zimmer stand und suchend zu
Boden sah.

„Ist Ihnen etwas abhanden gekommen, Lydia?"

„Um Vergebung, Sir," entgegnete sie ohne Ver=
legenheit, „ich bemerke soeben, daß mir meine Uhrkette
fehlt. Sie muß beim Ausziehen des Jacketts abgerissen
sein. Ich möchte nicht gern, daß sie zertreten wird."
Miles blieb auf dem Flecke stehen und sah eben=
falls zu Boden. Aber schon im nächsten Augenblicke
bückte er sich, hob das Kettchen, welches unmittelbar
vor seinen Füßen lag, auf und reichte es lächelnd seiner
schönen Gehülfin dar. Sie stammelte einige Dankes=
worte und streckte die Hand aus, um den Fund zurück=
zunehmen, Miles aber griff die kleine Hand und hielt
sie sanft in der seinigen fest. Lydia errötete tief und
sah zur Seite. Ja, als Miles, durch dieses sanfte Ge=
schehenlassen kühner gemacht, die Hand an seine Lippen
drückte und ein Schmeichelwort flüsterte, sträubte sie sich
nicht. Die Herbheit ihres Wesens schien plötzlich ver=
schwunden zu sein. Sie gab es zu, daß er die Linke
sanft an ihre Wange legte und sie zwang, ihm ihr
rosiges Gesichtchen zuzuwenden. Und als er leise und
frohlockend: „Endlich, süße Lydia!" flüsterte, traf ihn
aus den braunen, funkelnden Augen ein Blick von
solcher Glut, daß er fast erschrocken ihre Hand frei und
in seltsamer Beklemmung das Tändeln aufgab.

Miles hatte sich in tiefen Gedanken an seinen
Schreibtisch gesetzt. Umsonst suchte er das Rätsel dieses
seltsamen Mädchens zu ergründen. War dies dieselbe
Lydia, die allen seinen Werbungen und Anerbietungen
wochenlang, ja noch vor einer halben Stunde eine kühle
Indifferenz entgegengebracht hatte? Wie! war es doch
der klangvolle Name, welcher auch sie wankend machte

— oder — oder war sie dennoch in ihn verliebt und hatte sich einen Moment nicht zu beherrschen vermocht — — Auch Lydia saß in Gedanken. Sie vermied den Anblick ihres Gegenüber. Mit geröteten Wangen, niedergeschlagenen Augen, gleichsam verschämt, sah sie vor sich nieder in das offen geschlagene Copierbuch.

Erst als der greise Chef des Hauses eintrat und den Sohn in ein geschäftliches Gespräch zog, wurde die Alltagsstimmung wieder hergestellt. Nun wurden Briefe dictiert, mit dem Typewriter geschrieben und copiert und Miß Horn erwies sich als eine gewandte Arbeiterin, die das Wort des Sprechenden erriet, ehe es noch den Lippen entflohen war, daß die Buchstaben des Apparates förmlich flogen.

Endlich, um fünf Uhr, waren die Officestunden der jungen Dame beendet. Es war der Alte, welcher ihr diese Mitteilung machte und sie ersuchte, am andern Morgen um zehn Uhr wieder zur Stelle zu sein. Der Typewriter der Privat·Office nahm gewissermaßen eine private Stellung ein und kümmerte sich nicht um die Geschäftszeit der sämtlichen übrigen Angestellten. Mit einer artigen Verbeugung, die von dem Chef mit einem Nicken, von Miles durch ein Lächeln beantwortet ward, verließ Lydia den Raum.

Draußen, vor dem Thore der Bank, stand Bob Murphy und wartete auf den Schluß des Geschäftes, um seinen gefährlichen Posten einzunehmen, den dies· mal ein halbes Dutzend „Pinkertonianer", Detectives des Pinkerton·Instituts, mit ihm teilen sollten. Lydia blieb neben dem Wachtmann an der Thüre stehen.

warf einen prüfenden Seitenblick auf ihn und begann
langsam ihre Handschuhe anzuziehen. Was Bob Murphy
betraf, so schien er gerade nicht zu den Verächtern
hübscher Mädchengesichter zu gehören, denn er unter-
zog die junge Dame mit größter Freimütigkeit einer
genauen Musterung. Man sah es an seinem Gesichte
an, daß er sie gern angeredet hätte, aber das durfte er
doch nicht — vielleicht weil er sich in dem begreiflichen
Irrtum befand, Lydia sei eine Besucherin der Bank.
Er hätte sie ja kennen müssen, wenn sie zum Personal
gehörte. Lydia selbst war es, die ihn von seinem Irrtum befreite.

„Gehört Ihr auch zur Bank, Sir? fragte sie, ohne
von ihren Handschuhen aufzusehen.

„Ich,“ lachte Bob behaglich, „darauf dürft Ihr
dreist einen Cent wetten, junge Dame. Ich gehöre zum
lebendigen Inventarium der Bank.“

„Und dann steht Ihr vor der Thüre?“ sagte sie
verwundert.

„Warum nicht? Ich gehöre nämlich zu den Nacht-
tieren, müßt Ihr wissen — —“

„Aha, Ihr geht Nachts auf Raub aus, he?“

Bob Murphy stutzte einen Augenblick, ehe er laut
auflachte.

„Ihr seid spitz, junge Dame, bei meinem Seelenheil, Ihr seid verdammt spitz. Aber das Richtige habt
Ihr verfehlt, denn ich gehe nicht auf Raub, sondern auf
Räuber aus während der Nacht, und deshalb schlafe
ich am Tage. Heute freilich“, setzte er wehmütig hinzu,

„waren mir nur wenige Stunden vergönnt — hol's
der Teufel!"

Die Handschuhe waren angezogen und Lydia wandte
dem Wächter voll das Antlitz zu. „Seid Ihr denn ein
Polizist, vielleicht ein Detektiv, Sir?"

„Nein, mit dieser verdreht vornehmen Bande habe
ich nichts zu thun. Ich bin der nächtliche Hüter dieses
Palastes."

„Also der Nachtwächter."

„Ja, so könnt Ihr's auch nennen, Miß", entgegnete Murphy, „wer aber mögt Ihr sein?"

„Ich? Ich gehöre auch zum lebendigen Inventarium — so sagtet Ihr wohl — dieses Hauses!"

„Unmöglich. Ich habe Euch noch nie gesehen!"

„Das ist ganz erklärlich, denn ich habe meine Stelle
heute erst angetreten."

„Nun, das freut mich, Miß. Ich habe Euch gleich
gern leiden mögen, denn die Wahrheit zu sagen, Ihr
seid verdammt hübsch —"

„Findet Ihr's?" sagte Lydia und einer ihrer
funkelnden Blicke streifte den Wächter.

„Bei meinem Seelenheil! Ihr seid ganz koloſſal
hübsch! Man soll mir die Haut abziehen, wenn's nicht
wahr ist —"

Lydia lachte. „Das klingt ja beinahe wie eine
Liebeserklärung —"

„Wollt Ihr eine von mir hören, Miß?" fragte
Bob Murphy kühn.

Sie musterte den Sprecher vom Kopfe bis zu
den Füßen.

„Nein," sagte sie dann frostig und wandte sich zum Gehen.

„Gefalle ich Euch etwa nicht, so lauft doch nicht davon — ich scherze ja nur!"

„O ja", entgegnete Lydia, nun wieder lachend, „Ihr seid gar nicht so übel. Aber ich muß jetzt nach Hause gehen."

Bob Murphy schien nicht gewillt, seine Beute so leichten Kaufes preiszugeben. „Was Ihr für Eile habt, Miß. Sagt mir wenigstens, welchen Posten Ihr be= kleidet?"

„Ich bin die Sekretärin des jungen Mr. Vander= hook."

„Was, Ihr arbeitet in der Privat=Office des jungen Herrn?"

„Setzt Euch das in Erstaunen?"

Bob Murphy machte auf einmal ein ernstes Ge= sicht. „Nehmt Euch in Acht, Miß!" sagte er.

„Ich verstehe Euch nicht. Warum? Wieso?"

„Nehmt Euch in Acht vor ihm. Der junge Mr. Vanderhook ist nämlich — — haha, das ist Einer!"

„Ja, der ist Einer und Ihr seid auch Einer — macht zusammen Zwei!"

„Scherzt nicht, junge Dame. Ich sage Euch, das ist wirklich Einer — —"

„Aber was für Einer?"

„Nun denn," sagte Bob mit ärgerlichem Lachen „ein Bumann!"

Lydia preßte ihre Lippen zusammen und sah ver=

wundert zum Wächter auf. „Was ist denn das?" sagte
sie mühsam.

„Na, na, thut nur nicht so!"

„Ihr seid ein Narr, wie Ihr auch heißen mögt."

„Bob Murphy ist ein geachteter Name, Miß, und
allen Scherz bei Seite gesetzt, sage ich Euch noch einmal, nehmt Euch in Acht! Die Andere, was Eure
Vorgängerin war, die kam auch so weg, über Hals und
Kopf, wißt Ihr — —"

„Warum?"

„Nun, der Alte wollte das in der Privatoffice
nicht haben — versteht Ihr — übrigens", unterbrach
Bob sich selbst, indem er eine wegwerfende Handbewegung
machte, „für die nächste Zeit habt Ihr nichts zu be-
sorgen. Unangenehme Dinge gehen ihm im Kopfe
herum. Habt Ihr nichts bemerkt?"

Lydia ließ den Schleier hinab und blickte mit un-
säglicher Spannung in das Gesicht des Wächters. „Was
sollte ich bemerkt haben?"

„Sst! Leise! Es ist ein Geheimnis, daß hier im
Hause was vorgeht."

„Nichts", flüsterte sie, „Ihr macht mich besorgt."

„Keine Ursache. Es ist schon vorüber!"

„Aber was ist es denn?"

„Das darf ich nicht verraten, Miß!"

„Bitte, sagt es mir, ich kann schweigen, Ihr habt
mich nun einmal beunruhigt und solltet nicht auf halbem
Wege stehen bleiben."

Bob Murphy schwieg, ein Gedanke schien in ihm
emporzudämmern. „Nun denn", sagte er endlich, „ich

will's Euch sagen, es ist wirklich ein kolossales Geheimnis — wenn Ihr mir eine anständige Belohnung zusichert." —

„Wie, ich soll Euch dafür bezahlen?"

„Natürlich kein Geld, Miß. Euer verdammt hübsches Gesicht hat mich heiß gemacht. Ich verlange etwas anderes. Well — für einen Kuß sage ich Euch alles!"

„Einen Kuß? Ihr seid wohl verrückt, guter Freund?"

„Nicht im geringsten. Ich weiß auch gar nicht, warum Ihr Euch besinnt. Ein Kuß — pah! ein Kuß hinterläßt keine Spuren."

Lydia sah einen Augenblick zu Boden und brach in ein leises Lachen aus. „Ihr seid ein Diplomat, Mr. Murphy. Wahrhaftig — von dieser Seite sah ich das Küssen nie."

„Aha. Nun — wollt Ihr?"

„Ich weiß nicht!"

„Ja oder nein, Miß. Wollt Ihr?"

„Ich möchte gern wissen, was hier im Hause vorgeht."

„Nun, dann kommt. Wir müssen nicht hier stehen bleiben. Es könnte jemand kommen."

Damit schritt Bob die Straße hinab und Lydia folgte. Unter der nächsten Thorhalle blieben sie stehen. Der herbstliche Himmel war mit Wolken bedeckt und auf der Straße fluteten bereits die Strahlen der elektrischen Kuppeln. Hier aber, unter der Thorhalle, war es nahezu finster.

Bob Murphy trat dicht an das Mädchen heran
„Nun?" sagte er.

Sie hielt den Rand ihres Schleiers fest und be=
wegte sich rückwärts. „Nun?"

„Der Kuß, Mädel!"

„Oho! Betrug gilt nicht, erst das Geheimnis!"

„Auch gut! Das ist leicht mitgeteilt," flüsterte
Bob. „Heute Nacht ist bei uns eingebrochen und zwei
Millionen Dollars sind geraubt. Die Polizei hat ihren
Verdacht auf den jungen Mr. Vanderhook gelenkt, denn
unter den Einbrechern war einer, der ihm aufs Haar
glich. Die Untersuchung ist in vollem Gange. Glaubt
Ihr nicht, daß das ihm etwas Kopfzerbrechen macht?
Well — und nun — —"

„Ist das alles?" unterbrach Lydia den Redefluß
des verliebten Irländers.

„Das ist alles. Und nun —"

„Und nun — gute Nacht, Bob Murphy und
schönen Dank," fiel Lydia lachend ein, während sie in
das helle Licht der Straße hinaustrat.

„Halt! Euer Versprechen, Miß!"

„Ach, den Kuß? Ich habe ihn Euch versprochen,
das ist wahr, aber auf wann? Fragt wieder an,
wenn Ihr graue Haare habt. Und nun gute Nacht,
Bob Murphy. Nächstes Mal werdet Ihr wohl
schlauer sein!"

Die Schleppe mit der Linken zierlich aufnehmend,
schritt sie dann schnell in der Richtung des Broadway
die Avenue hinab.

Bob Murphy stieß einen leisen Fluch aus, spuckte

wüthend in den Rinnstein und folgte ihr bis zum
Bankgebäude; hier blieb er stehen und sah dem Mädchen
nach, bis es in dem Gewühle des Broadway verschwand.

VI.

Im elften Polizeiquartier der Stadt New-York,
Kapitän Ulysses Thomsen, herrschte eine nicht geringe
Aufregung. Zwar war die Arbeit der am Fall „Vanderhook" beteiligten Detektivs noch um keinen einzigen
Schritt vorwärts gerückt, keine der beschatteten Personen
hatte einen Fluchtversuch gemacht, selbst Bill Crookey
befand sich noch in der Stadt und lag behaglich seinem
jetzigen Sport, dem dolce far niente ob; und nicht
die geringste Aussicht war vorhanden, den Verbleib der
zwei Millionen Dollars auszuforschen. Aber alles
dies, die Nutzlosigkeit der angestrengten Arbeit, war nicht
die Ursache der polizeilichen Aufregung, sondern eine
seltsame, verblüffende Entdeckung, eine Entdeckung ge-
radezu fabelhafter Natur, die selbst im Allerheiligsten
des New-Yorker Polizeihauptquartiers Aufsehen hervor-
rief und den berühmtesten Kriminalpraktiker der Welt,
Polizei-Inspektor Byrnes, veranlaßte, dem Fall sein
persönliches Interesse zuzuwenden. Kein Detektiv zweifelte
mehr daran, daß Bill Crookey, der Geldspindknacker,
thatsächlich den Einbruch ausgeführt hatte, er selbst und
einige bis jetzt unbekannte Kollegen. Die von der
Polizei besoldeten Spitzel, meistenteils selbst aktive
Verbrecher, gaben dies unumwunden zu, denn es war
offenes Geheimnis in den Gaunerkreisen der Metropole
— aber nun kommt das Unglaubliche; der Einbruch
war resultatlos verlaufen, die Barmappe mit den zwei

Millionen Dollars, nach welcher die Einbrecher suchten, war von ihnen nicht gefunden worden. Auch das war in den Kreisen der Gauner eine bekannte Thatsache. Bill Crookey war so arm geblieben wie eine Kirchen= maus, er hatte keinen einzigen roten Cent erbeutet, geschweige denn zwei Millionen Dollars. Die Er= hebungen, welche die Polizei in dieser Richtung an= gestellt hatte, ergaben so feststehende Resultate, daß man an der Thatsächlichkeit dieser rätselhaften Geschichte nicht mehr zweifeln durfte. Bill Crookey und unbekannte Komplizen waren die Einbrecher, aber sie hatten keinen Cent erbeutet. Zweifellos hatten sie es auf die Bar= mappe abgesehen, von deren Vorhandensein sie Kenntnis gehabt haben mußten. Daß sie Gold und Silbergeld stehen ließen und unverrichteter Sache zurückkehrten, trat gegen die Entdeckung, daß offenbar ein anderer ihnen zuvorgekommen war, einstweilen in den Hinter= grund. Vielleicht waren sie bei dem fruchtlosen Suchen nach den Millionen schließlich durch ein Geräusch von außen oder durch den anbrechenden Tag gestört und zu schnellem Rückzuge gezwungen worden, vielleicht auch war das Stehenlassen des Geldes ein schlau berechneter Tric, dessen Ziel natürlich noch in tiefes Dunkel gehüllt war. Jedenfalls war Bill Crookey nicht der Mann, an der Scholle zu kleben, nachdem ihm eine Millionen= beute zugefallen war, mit Leichtigkeit hätte er sich in Sicherheit bringen und in den Süden oder Westen ent= fliehen können, ehe man das nötigste zu seiner Ver= folgung hätte anordnen vermögen — aber er weilte in der Stadt als ob nichts geschehen sei, und widmete sich in aller Gemütlichkeit (natürlich unter stetiger geheimer Polizeiaufsicht) dem bereits bekannten Sport des süßen Nichtsthuns. Bill Crookey kannte die Gesetze wie ein Advokat, und die Gepflogenheiten der Polizei wie diese selber; er wußte, daß man ihn nicht ohne weiteres verhaften würde, und hielt es deshalb für überflüssig, sich zu verstecken.

Es ist erklärlich, daß der Verdacht gegen die Firma Vanderhook, und vor allem gegen den Sohn des Chefs, sich nun noch verstärkte. Kapitän Thomson wollte Miles Vanderhook auf jeden Fall verhaftet wissen, aber In-spektor Byrnes meinte, bei der einmal eingeschlagenen Richtung beharren zu müssen. Freilich war auch der Letztere der Ansicht, Miles müsse unter allen Umständen mit den Verbrechern in Verbindung gestanden haben; nicht allein die Aussage des Wächters Bob Murphy, sondern eine Anzahl anderer Beobachtungen sprachen für diesen Verdacht, allein es war die Frage, ob nicht wiederum Mr. Sigismund und der Chef des Hauses selbst um die Verbindungen Miles' gewußt hatten. Vielleicht war das ganze Einbruchsdrama nichts als ein schlau angelegter Riesencoup, um den Zusammen-bruch der Bank vorzubereiten, der vielleicht zu erwarten war. Auch Bob Murphy, so unverdächtig er war, wurde von der Polizei nicht vergessen. Der Inspektor selbst ließ sich noch einmal Bericht von ihm erstatten, den man mit seiner ersten Erzählung verglich, ohne den leisesten Widerspruch zu finden. Die Beulen, die er noch jetzt auf dem Körper trug, bestätigten seine Leidens-geschichte. Trotzdem hatte Kapitän Thomson einen der

Detektivs mit der besonderen Beobachtung des Wächters beauftragt, die bis jetzt nur einen Punkt von Interesse ergeben hatte. Der Beamte hatte gemeldet, daß Bob Murphy am ersten und auch am zweiten Abend nach dem Einbruch nahezu eine Stunde lang vor dem Thore der Bank mit der neu engagierten Privat=Schreiberin des jungen Mr. Vanderhoof gesprochen und sich schließlich in verdächtiger Weise mit ihr unter eine düstere Thorhalle begeben habe. Die Polizeigewaltigen gingen schweigend über diesen Bericht hinweg — sie mochten mit Recht annehmen, daß es sich lediglich um eine Liebelei zwischen dem Wächter und der Schreiberin handle. Dabei darf nicht verschwiegen werden, daß die Beweise des geheimnisvollen „Detektiv P.", der den meisten Polizisten wohl dem Namen nach, aber nicht in Person bekannt war, großen Einfluß auf die Ent= schließungen der Polizeihäupter ausübten. Detektiv P. schien in der Arbeit an dem interessanten Fall eine bedeutende Rolle zu spielen — welcher Art aber seine Unternehmungen waren, welche Rolle ihm zugeteilt war und wo er sich aufhielt, ob unter den Verbrechern oder im Hause Vanderhoof, das war ebenfalls nur dem Inspektor, dem Kapitän und wenigen Getreuen bekannt.

Soweit es Bill Crookey, den berühmten Geld= spindknacker anging, traf die Polizei jedenfalls das Richtige. Er weilte wirklich noch in der Stadt. Selbst heute, am dritten Tage nach dem Einbruch, saß er ge= mütlich am „Pauwau", dem einsamen Tisch in der Mauernische des „Blechernen Hirnkastens" und unter= hielt sich mit seinen beiden Genossen, dem berüchtigten

„Todd", deſſen Thaten als Straßenräuber mit goldenen Lettern in die Bücher des Gaunertums eingezeichnet ſind, und dem nicht minder berüchtigten „Grabber", einem unerreichten Meiſter in der Kunſt der Taſchen= dieberei. Bill Crookey hatte ſich nicht verändert. Er ſah vielleicht noch magerer, ausgehungerter aus als vorher. Wehmütig blickte er in ein leeres Whiskyglas, welches vor ihm ſtand, ſpuckte in den Sand des Fuß= bodens und wiſchte mit dem Rockärmel ſeinen buſchigen Schnurrbart.

„Mir iſt vieles paſſiert, Freunde," ſagte er und hielt die linke Hand, an welcher der kleine Finger fehlte, in die Höhe, „dam'n it, mir iſt ſchon allerhand tolles Zeug in den Wurf gekommen, in meiner grandioſen Laufbahn, boys, aber ſo was nicht. Wenn ich Euch die Geſchichte des Fingers hier erzählen wollte, den Ihr nicht mehr ſeht — why, Ihr würdet vor Staunen aus Euren ge= ſegneten Häuten herausſteigen. Ich habe ihn mir ſelbſt mit dem Meſſer abgehackt — by George, ich hab's gethan, als ich ihn durch die Unvorſichtigkeit von Dan Lions in ein Sicherheitsſchloß eingeklemmt hatte. Haha, Dan Lions! Es war ein brillanter Arbeiter, ein groß= artiger Hund und ehrlicher Gauner — der Teufel hab' ihn ſelig — Zuchthausluft hat ihn getödtet. Drei Jahre ſaß er in Albany und ſann auf Flucht, dann faßte ihn irgend eine heimtückiſche Krankheit und er biß in's Gras, wie'n Hund vor dem Regenwetter. Jetzt iſt er hin und ich nenne mich den größten Geldſpindknacker der Vereinigten Staaten, denn ſo lange er lebte, war er größer als ich; er war aber nicht allein ein muſter=

hafter Geldschrankerbrecher, sondern auch ein Finanz-
mann, der stets einige harte Dollars zu sparen verstand.
Seht her, für den Finger, den ich durch seine Schuld
verlor, hat er mir dreitausend Dollars bezahlt." Bill
Crookey machte eine kleine Pause, zwinkerte mit den
Augenlidern und schüttelte den Kopf. „Ich kann's
nicht hindern, boys", fuhr er wehmütig fort, „aber
wenn Ihr Eure Sehmaschinen anstrengt, werdet Ihr
etwas nasses in meinem linken Auge entdecken, was
ich als ein Zeichen betrachte, dem Andenken des großen
Dan Lions einen Tropfen Feuerwasser zu opfern. Wenn
ich mich beruhigt habe, werden wir in unseren Ver-
handlungen fortfahren."

Der Grabber stieß ein ärgerliches Lachen aus,
ließ die Whiskyflasche herbeibringen und schenkte die
Gläser voll.

„Hol' Euch der Henker, Bill Crookey", brummte
er, „Ihr müßt einen Schlauch statt des Magens in
Eurem erbärmlichen Leichnam beherbergen. Aber nun
trinkt und dann vorwärts — wir müssen zum Schluß
kommen."

Der Geldspindknacker schien die Bemerkung seines
Kollegen nicht zu hören. Feuchten Auges erhob er das
Glas und nickte gedankenvoll.

„Dan Lion ist todt, Jim Humphrey brummt und
Bill Crookey ist wieder einmal in der Klemme", sprach
er feierlich, „alle andern aber sind elende Lumpen, Betrüger, Ochsen, Esel, Säue, Polizeispitzel, Prahlhänse,
schlechte Seelen, Feiglinge, Fleischkolosse mit Baby-
gehirnen und gänzlich verkommene Schufte —"

Ein Faustschlag auf den Tisch unterbrach den Redner.

„Seid Ihr bald zu Ende?" schrie Todd.

Bill Crookey sah ihn mitleidig an und schüttelte den Kopf.

„Ereifert Euch nicht. Die Anwesenden sind natürlich mit eingeschlossen. Und nun, meine Freunde, gebe ich Euch Dan Lions — sein Andenken trinke ich. Gott sei Dank, daß er todt ist."

Lachend tranken alle Drei die Whiskygläser leer und setzten sie mit einem Knall auf den Tisch.

„Und nun, Bill Crookey, kommt zur Sache", sprach der Grabber mit einem Blick auf die Uhr, „Ihr vergeßt, daß man uns nicht lange beieinander sehen darf."

„All right", entgegnete Bill, „nun, da meine Kehle unter achtunggebietenden Ceremonien angefeuchtet worden ist, kann das Geschwätze seinen Lauf nehmen. Ich sage also, man hat uns schändlich betrogen. Was! ein so feines Stück Arbeit ausführen und hinterher hungern müssen? Schändlich begaunert hat man uns und die Frage ist nur die, war's Lone Jack oder Miles Vanderhook, der uns den vermaledeiten Streich gespielt hat, he?"

Die anderen beiden schüttelten energisch die Köpfe.

„Laßt Lone Jack fallen", sagte der lange Taschendieb, „er ist all right, es ist kein anderer als Miles Vanderhook, der uns zuvorgekommen ist!"

„Das ist auch meine Meinung", fuhr Bill fort „der Bursche hat ein verteufeltes Glück. Aber warum ist er nicht verhaftet? Das will ich Euch nämlich —"

„Pah! Warum seid Ihr nicht verhaftet?" warf Todd ein.

„Jch?" lachte der Geldspindknacker. „Tröstet Euch, ich bin so gut wie hinter Schloß und Riegel. Keinen Schritt thue ich ohne Polizeiaufsicht. Detektives hinten und Detektives vorn. Wie wir hier sitzen, beobachten uns diese feinen Burschen. Aber warum sollen sie mich verhaften? Sie wissen, daß ich nichts erbeutete und ebenso gut wissen sie, daß ich den Einbruch leugnen würde. Wo sind die Beweise, wo sind die Zeugen? Sie müssen mich laufen lassen. Versteht Jhr das?"

„Vollkommen!" entgegnete einer der andern. „Aber wird nicht auch dieser Miles Vanderhook beschattet?"

„Darauf dürft Jhr Euren gesegneten Schädel wetten — er und die ganze seine Bankgesellschaft. Das größte Kopfzerbrechen macht es der Bande, aus welchem Grunde wir Gold- und Silbergeld stehen ließen — — und seht Jhr, by George, das ist's, was mir in meiner grandiosen Laufbahn noch nicht vorgekommen ist. Hol's der Teufel, harte Dollars, Gold, Silber in Armeslänge und kein Stück, kein gesegnetes Stück nehmen dürfen. Man möchte, mit Respekt zu sagen — ein Priester werden — wenn man's richtig bedenkt —"

Der Taschendieb machte eine ärgerliche Kopf-bewegung. „Come off", brummte er, „Lone Jack hatte es so angeordnet und ihr kennt seine Gründe. War's seine Schuld, daß die zwei Millionen fehlten?"

„Jhr habt Recht", fuhr Bill Crookey fort, — „ist Lone Jack ehrlich, dann mußten wir arbeiten, wie er's vorschrieb.

Es ist der dreimal vermaledeite Miles Vanderhook, der uns begaunert hat — dam'n him. Und jetzt hört

mich an, boys, ich will Euch meinen neuen Plan ent-
wickeln — er stellt das Größte dar, was bisher von
mir oder irgend einem anderen geleistet worden ist.
Also! Dies die Voraussetzung· Lone Jack ist all right,
Miles Vanderhoof ist der Räuber. Er hat das Geld
gegrabst und der Zufall, der vermaledeite Zufall, ist
ihm zu Hilfe gekommen. Wir brechen ein und finden
natürlich das Nest leer. Lone Jack ist thatsächlich ohne
Geld, das Frauenzimmer hat's mir verraten und er
ahnt nicht, daß sie mit mir in Verbindung steht. Well!
Als nun Mr. Miles am nächsten Morgen zu seinem
Erstaunen fand, daß der Schrank erbrochen, dankte er
dem Teufel für sein höllisches Spiel und beschloß einstweilen, in New-York zu bleiben. Er rechnete darauf,
daß die Polizei die Verbrecher verfolgen und ihn selbst
links liegen lassen würde. Aber Lone Jack sorgte dafür,
daß sie ihn mit unter die Presse nahmen. — —"

„Das ist so. Aber warum ist er nicht verhaftet,
he?" fragte Todd.

„Seht mir das Baby an. Weil der Vater Bürg-
schaft für ihn leistet. Und ich sage Euch, 's ist ein verdammt gut' Ding, daß die Polizei den feinen Burschen
nicht verhaftet hat, sondern ihn frei in New-York herum-
laufen läßt — denn darauf gründet sich mein Plänchen."

„Nun sprecht Ihr in Rätseln!"

„Die ich Euch sogleich aufknacken werde, Todd,
mein Junge, offenknacken wie ein Geldspind erster Klasse.
Aufgepaßt, jetzt komme ich zur Sache. Unsere Meinung
ist also die, daß Miles Vanderhoof am Vorabend
unseres Einbruches die Kasse um zwei Millionen er-

leichtert hat — was allerdings Lone Jack nicht ahnen konnte, trotzdem er den jungen Burschen in verdächtiger Weise in den Safe-Raum gehen sah, nachdem alle anderen fort waren. Also gut — Miles Vanderhoof hat die zwei Millionen und wartet nun auf eine Gelegenheit, mit seinem Raube durchzubrennen. Was folgt daraus?!"

Die anderen sahen den Frager offenen Mundes an.

„Nun", fuhr er mit behaglichem Lachen fort, „ganz einfach: daraus folgt, daß wir ihm den Raub abnehmen müssen, ehe er eine Gelegenheit findet, seine Beute, die eigentlich uns gehört, in Sicherheit zu bringen. Versteht Ihr?"

Der Grabber und Todd nickten. „Aber wie?"

„Haha! Ja, das ist's — boys, das ist's, was ich meinen grandiosen Plan nenne. Kommt näher heran — und sperrt Eure großen Ohren offen. Wir wollen Miles Vanderhoof verhaften, gefangen nehmen, entführen — nennt's, wie Ihr wollt — und ihm seinen Raub mit Gewalt abnehmen und wenn's — — hahaha wie, Ihr seid mir die richtigen Professoren, das wißt Ihr nicht?"

Bill Crookey hatte die letzten Worte, die mit den vorhergehenden in gar keinem Zusammenhange standen, mit lauter Stimme ausgerufen. Nun schüttelte er sich vor Lachen, nickte den andern mit zusammengekniffenen Augen blitzschnell zu und fuhr, immer noch lachend, fort:

„Wie! Das wißt Ihr nicht? Well, so will ich's Euch sagen, warum dieser famose Tisch hier „Pauwau" genannt wird. Das Wort gehört keineswegs zur Gauner-

fprache. Die Gelehrten, wozu auch ich mich rechne,
buchstabieren es: Pi-o-döbbelju-o-döbbelju == „powow".
Es ift ein indianifches Wort und bedeutet in gutem
Englifch eine Ratsverfammlung, feht Ihr? Diefer
Tifch ift alfo gewiffermaßen das Beratungsfeuer der
Gauner, an dem diefe wie ebenfo viele regelrechte Tus-
carorahäuptlinge ihre Pläne aushecken, bevor fie auf
den Kriegspfad gehen. Wie, was fagt Ihr? Erftaunt
— eh? Hättet nicht geglaubt, daß in dem Kopfe, den
Ihr hier auf meinem Leichnam feht, der Verftand einiger
Dutzend amerikanifcher Profefforen feinen Wohnfitz auf-
gefchlagen hat?"
Keiner antwortete. Erftaunt fahen die Gauner
den Genoffen an. Auch Bill fchwieg, fah fich bedächtig
in dem faft leeren Raum um und fuhr dann im Flüfter-
tone fort:
„Ich mußte ein wenig abfchweifen. Es gefchah
wegen dem langen Burfchen, der fich jetzt da drüben
an der Bar hingefetzt hat. Ich halte ihn nämlich für
einen Spitzel, und als er hier am Tifche ftehen blieb,
fchien's mir, als wollte er horchen. Nun, er mag fich
meine ziemlich gelehrte Abhandlung über den Pauwau
immerhin zu Gemüte führen und gute Verdauung fei
ihm gewünfcht. Doch jetzt weiter. Ich habe aus-
gekundfchaftet, daß Miles Vanderhoof jeden Morgen
um zwölf Uhr zu Delmonicos geht, um hier ein Früh-
ftück in feinen unwürdigen Leib hinabzujagen. Um
eins kehrt er zurück. Nun gut — übermorgen werden
zwei der unfrigen, die im Befitze von Polizeifchildern
find, auf ihn zutreten und ihn einladen, ihnen zu
folgen —"

„Was! Sie werden sich für Detektives ausgeben?"
„Natürlich — schreit doch nicht so. Es geschieht
in aller Stille! „Macht keine Scene, Gentlemen",
werden sie sagen, „wir sind Detektives" — dabei zeigen
sie ihm heimlich ihre Schilder — „und laden Euch ein,
uns zu folgen. Es geschieht zu Eurem Besten. Wir,
die Polizei, haben nämlich Wind davon bekommen, daß
die Einbrecher Euch unter der Maske von Detektives
entführen wollen, weil sie glauben, Ihr wäret im Besitze der geraubten zwei Millionen, die sie Euch mit
Zwang abnehmen wollen. Soeben haben wir dies im
Polizeiquartier erfahren und sind abgesandt, Euch zu
Eurer eigenen Sicherheit in Gewahrsam zu nehmen.
Wir bringen Euch nicht zur Polizei — denn die Gauner
beobachten uns vielleicht in diesem Augenblick —, sondern
in ein Privathaus, wo Ihr näheres erfahren sollt." — —
Versteht Ihr, Boys? Das wird ihm einleuchten!"

Der Grabber stieß ein leises, ärgerliches Lachen
aus. „Schlau ersonnen", flüsterte er, „aber nicht genug
durchdacht! So sicher wie Ihr einen Cent von einem
Weibsbild unterscheiden könnt, wird ihm der Gedanke
kommen, daß die beiden Burschen keine Detektives,
sondern die Gauner selbst sind!"

„Meint Ihr?" Bill Crookey neigte den Kopf hin
und her.

„Nun, Ihr habt Recht, und ich sehe, daß Ihr in
der That ein Bursche seid, der in eine höhere Zunft
gehört. Aber Ihr vergeßt, daß es Bill Crookey ist,
der Euch seinen Plan entwickelt, Bill Crookey, der
bedeutendste Geldspindknacker der Vereinigten Staaten.

hört mich an. Was der Grabber sagt, ist richtig, aber ich bin vorbereitet. Ein dritter Bursche von den unsrigen kommt den beiden anderen schon entgegen, und dieser geht in der Uniform eines Konstablers. Diesen Burschen rufen unsere prächtigen Detektivs an und Miles darf ihn zu — haha! — zu seiner Sicherheit und Beruhigung mitnehmen. Nun?"

„Grandios," flüsterte Grabber.

Aber Todd schüttelte diesmal den Kopf. „Eure Berechnung stimmt", sagte er, „der Bursche würde sich bei diesen Anstalten sicherlich übertölpeln lassen und mitgehen, ohne zu muckfen, aber eins vergeßt Ihr, alle die unsrigen von Ruf sind der Polizei bekannt. Wer also soll den Auftrag übernehmen?"

„Ihr seid trotz Eurer Erfolge als Straßenräuber ein Baby, ein richtiges Baby, Todd", entgegnete Bill Crookey, „sonst müßtet Ihr wissen, daß ein Bursche wie ich, der sich als den berühmtesten amerikanischen Gauner betrachten darf, alle diese Dinge vorher bedacht hat. Morgen werdet Ihr drei Kollegen kennen lernen, die Euch Freude machen sollen. Ich habe sie mir verschrieben. Sie kommen aus dem Westen, aus Kansas, wo ich sie kennen lernte. Wo es sich um Millionen handelt, kann man schon einige Freunde an dem feinen Fressen teilnehmen lassen. Die Burschen, deren Spezialität die Arbeit in den Verkleidungen von Polizisten und Detektives ist, sind hier ganz unbekannt, kennen aber das hiesige Pflaster. Sie treffen morgen Nacht einsteigen beim „rothen Jack" ab, werden von mir instruiert und führen am nächsten Mittag den Coup aus, der ihnen eine Kleinigkeit ist. Stimmt jetzt alles?"

Todd und der Grabber nickten. „Soweit stimmt's, Bill Crookey, aber kommt nun zum Schluß und verratet, wohin Ihr den Gefangenen bringen wollt und was mit ihm geschehen soll!"

„Ja, das ist das Schwierigste, denn, wie Ihr wohl wißt, befindet sich auch Miles Vanderhook unter stetiger Detektivaufsicht. Er wird Nacht und Tag beschattet. Deshalb habe ich das folgende ausgesonnen und schon vorbereitet. Unsere Burschen bringen ihn in die untere Stadt und nach Bleekerstreet — direkt in's Lokal des „rothen Jack", wo sich die scheinbaren Detektives ohne weiteres entpuppen und ihren Vogel ins Gebet nehmen. Auch wir werden dort sein. Unter dem Hause befindet sich das Gewölbe mit verstecktem Eingang — das ist unser gemeinsamer Zufluchtsort —, und wenn die Polizei wirklich bis zum Hause folgt, was ich nicht glaube, und das ganze Nest ausnehmen will, uns findet sie nicht, da das Gewölbe obendrein einen doppelten Ausgang hat."

„Gut," sagte der Grabber. „Wir haben ihn also im Gewölbe. Was nun?"

„Was nun? Verdammt einfältige Frage — sein Geheimnis wird erpreßt, er muß Farbe bekennen, sagen, wo er das Geld versteckt hat, damit wir's einsacken oder durch Lone Jack einsacken lassen, während wir uns selbst sofort aus dem Staube machen, denn der Boden unter den Füßen wird uns dann ziemlich heiß werden."

„Und wenn nichts aus ihm herauszukriegen ist?"

Bill Crookey sah sich scheu um. „W'll kill him!" sagte er dann.

Die andern sahen ihn starr an. „Was? ihn um die Ecke bringen?"

„Damm it — yes!"

Der Grabber erhob sich. — „Good bye! Ich will nichts mehr damit zu thun haben —"

Aber Todd zog ihn wieder auf den Sitz nieder. „Seid kein Narr! Der Geldspindknacker hat Recht. Es muß sein — und auf alle Fälle. Hat er das Geld und wir kriegen's, so muß er auf die Seite geschafft werden; hat er es nicht — dann auch. Die Polizei und auch der alte Vanderhook, kurz alle nehmen an, daß er mit seinem Raube und seinen Komplizen geflohen ist, und die Sache ist aus."

„Das ist die Meinung", bekräftigte Bill Crookey „und wir sind zu Ende. Lone Jack ist bereits von allem unterrichtet, sein Frauenzimmer war hier und ich habe ihr einen im feinsten Englisch geschriebenen Brief mitgegeben. Nun aber, Boys, will ich aufbrechen, es ist 1 Uhr, und um diese Zeit erwartet mich die wilde Toni, bei welcher ich augenblicklich logiere. Ein Prachtmädel, Boys, darauf dürft Ihr die Spitzen an Euren gesegneten Köpfen wetten. Und damit good bye — sind wir einig?"

Die anderen schlugen in die dargebotenen Hände ein, Todd, der schon drei Knoten in seinen Revolver geschlagen, das heißt drei Menschenleben auf seinem Gewissen hatte, enthusiastisch, der Grabber nur zögernd.

„Auf morgen, mein Junge, Ihr seid ein Prachtkerl!" sagte der eine.

„Well, wenn's sein muß, ich bin mit dabei!" brummte der andere.

Bill Crookey nickte noch einmal, warf dem Bartender

grinſend einen Gruß zu und ſchaufelte hinaus. In der
dunkeln Bowry löſten ſich ſofort zwei Geſtalten aus einer
Thorhalle los und folgten dem nächtlichen Wanderer in
gemeſſener Entfernung, bis er in einem Häuschen der
Mulberryſtraße verſchwand.

VII.

Wahrhaftig! Es ſchien ſich etwas angeſponnen
zu haben. Der Detektiv hatte ſich nicht getäuſcht. Sie
ſtanden ſchon wieder unter der dunklen Thorhalle, die
ſchöne Lydia und Bob Murphy, der Wächter. Draußen
im hellen Scheine der elektriſchen Kuppeln ſtrömte das
bunte Gewoge der Paſſanten hin und wieder, Pferde-
bahncars und elegante Luxusgefährte rollten vorüber
und in regelmäßigen Pauſen ſenkte ſich der Donner eines
vorbeiſauſenden Hochbahnzuges in die Straße nieder,
Die ſchwarzen Schatten des eiſernen Pfeilergebäudes,
auf dem die Züge dahinrollten, prallten an der Finſternis
.er Thorhalle ab, hinter welcher ein unbewohnter Hof
lag. Weder Bob noch ſeine ſchöne Lydia brauchten
irgend eine Störung zu befürchten. Kein Fuß betrat
die von der Dunkelheit gleichſam verſchloſſene Halle, kein
Blick vermochte in ſie einzudringen.

Lydia trat der Straße etwas näher und warf einen
Blick auf ihre Taſchenuhr. „Es iſt fünfzehn Minuten
nach fünf Uhr,“ ſagte ſie leiſe. „Ihr habt noch drei-
viertel Stunden, ehe Euer Dienſt beginnt!“

„'s iſt ganz gleich“, entgegnete Bob mürriſch, „vielleicht iſt's beſſer, auf der Stelle heimzugehen. Ich traue
Euch nicht mehr, Ihr habt mich nur zum beſten!“

„Ich wollte, Ihr hättet Recht!“ flüſterte ſie.

„Nun, so beweist es. Noch seid Ihr mir den Kuß schuldig."

„Hier auf der Straße? Nein, ich thue es nun einmal nicht!"

„All right! so kommt mit hinüber. Mein Drache ist nicht zu Hause, sondern in der untern Stadt —"

„Nein, das thue ich auch nicht, Bob. Aber den verlangten Beweis will ich Euch doch geben. Nachdem Ihr ihn empfangen habt, werdet Ihr mein Zögern erst verstehen —"

„Nun, heraus damit!"

„Geduld, Bob! Es kostet einen großen Entschluß, denn ich werfe etwas fort, ohne zu wissen, ob ich anderes und besseres dagegen eintausche. Kommt mit mir!"

Sie führte ihn nahe an die Straße, schlug den Schleier zurück und faßte nach seiner Hand. „Kennt Ihr mich, Bob, seht mich genau an —"

„Was soll das! Ich habe Euch schon zu viel angesehen —"

„Ich Euch auch," lachte sie leise. „Aber nun eine Frage. Aufgepaßt und keinen Laut ausgestoßen; „kennt Ihr Bill Crookey?"

Die Hand des Wächters zuckte in der des Mädchens. „Wen? Bill Crookey?" stieß er irritiert hervor.

„Ja, Bill Crookey, Ihr wolltet ja Beweise meiner Liebe. Doch weiter: Kennt Ihr Todd, kennt Ihr den Grabber?"

Bob Murphy begann unwillkürlich rückwärts zu

gehen. „Was bedeutet das, Mädel, wie kommt Ihr zu
diesen Namen?!"

„Kennt Ihr sie?"

„Nein!"

„Ihr lügt, Bob Murphy, ich kenne Euch besser
als Ihr ahnt."

„Zum Teufel, wer seid Ihr denn?"

„Ich? Es wäre mir lieber, wenn Ihr mich schon
kenntet. Sie nennen mich die wilde Toni."

„Was!" Bob hielt sich nicht länger. „Die wilde
Toni? Bill Crookeys Geliebte?"

„Ja, versteht Ihr nun, warum ich zögerte? Er
würde mich töten, wenn er erführe, daß ich mich mit
Euch abgebe. Aber er mag nun meinetwegen zum
Teufel gehen — — wenn Ihr mich haben wollt, bleibe
ich bei Euch —"

Bob atmete schwer, seine Hand senkte sich in die
Tasche und umspannte den Schaft des Messers. „Wenn
ich Euch glauben soll, Mädel, dann werdet deutlich",
sagte er langsam und schwer, „hier steht viel für Euch
auf dem Spiele!"

„Ich weiß es", entgegnete sie leise, „aber glaubt
nicht, daß Ihr mich einschüchtern könnt! — Ein verdächtiger Griff und ich steche Euch über den Haufen.
Thut Eure Hand aus der Tasche — Ihr kennt die
wilde Toni noch nicht!"

Der Wächter nahm die Hand aus der Tasche und
lachte leise. „Ja, Ihr müßt es sein. Bei meinem

Seelenheil, das ist doch endlich einmal wieder ein Ohrenschmaus. Aber sagt mir nur, was wollt Ihr hier im
Hause?"

„Erratet Ihr's nicht?"

„Den jungen Vanderhoof beobachten?"

„Dafür seid Ihr ja da."

„Well — was sonst?"

„Nun denn, Euch bewachen!"

„Was! Mich?"

„Euch! Bill Crookey schwört darauf, daß Ihr das
Geld habt — und hol's der Teufel, ich glaube, er hat
Recht. Wäre ich nicht gewesen, sie hätten Euch schon
verarbeitet!"

„Verdammt. Die anderen beargwöhnen mich?"

„Und mit Recht."

Eine Pause entstand. Bob Murphy schien einen
schweren Kampf zu kämpfen.

„Toni", sagte er endlich, während er einen Arm
um den Leib des Mädchens schlang, „lügt nicht, habt
Ihr mich lieb?"

„Wenn Ihr die zwei Millionen Dollars habt",
entgegnete sie lachend, „dann bin ich wahnsinnig in
Euch verliebt!"

„Und sonst?"

„Hm — auch ein bißchen!"

„Well, wollt Ihr bei mir bleiben — es könnte
schon sein, daß ich etwas Geld besitze!"

„Unter diesen Umständen gehe ich mit Euch bis
an das Ende der Welt. Aber Ihr müßt mir einen
Teil des Geldes geben, damit ich nicht ganz von Euch
abhängig bin —"

„Das versteht sich. Ihr seid, bei Gott, das schlaueste Mädel, das mir irgendwo in die Quere gekommen ist. Aber nun schnell, wenn Ihr mich nicht betrügt und es Euch Ernst ist, mit mir zu halten, denn es ist keine Zeit zu verlieren."

„Wo habt Ihr das Geld? Ist es in Sicherheit?" sagte sie schnell.

„Ja — davon später!"

„Wunderbar! Wie mögt Ihr's angefangen haben, den gewaltigen Streich auszuführen? Ich hielt bis jetzt Bill Crookey für das größte Gaunergenie Amerikas, sonst hätte ich mich in seiner gegenwärtigen Verfassung auch nicht mit ihm eingelassen — aber by Jingo, Ihr scheint ihn noch zu überbieten?"

„Was? Seht Ihr's ein? Haha? Er ist ein Baby, ein armseliger Stümper. Laßt uns erst glücklich fort sein und dann wird's heißen Lone Jack ist — well, was nun, warum zuckt Ihr zurück?"

„Oh nichts! Ein Geräusch! Ich glaubte, es käme jemand in die Halle."

„Well! Lone Jack wird von diesem Augenblick der berüchtigste Gauner der Welt sein. Doch nun zur Sache. Hm — Toni, macht mich sicherer, bevor ich Euch alles anvertraue. Ich weiß noch nicht, ob ich Euch ganz trauen darf. Seht Ihr, meinem eigenen Mädchen, das seit drei Jahren für meine Frau gilt und reinen Mund gehalten hat, habe ich nichts von meiner Arbeit verraten, sie weiß nichts, denn ich bin

ſicher, ſie ſteckt ſeit kurzem mit Bill Crookey unter
einer Decke." — —

„Das thut ſie auch", fiel Lydia ein, „'s iſt ein
Grund mehr, den Narren zu verlaſſen und zu Euch
überzugehen, ich mache keinen ſchlechten Tauſch, Jack,
aber auch Ihr, geſteht es, könnt mit dem Tauſch zufrieden ſein, he? Schaut mich an. Sehe ich nicht aus
wie eine perfekte Lady?"

„Ihr ſeid eine Lady. Man ſoll mich gleich zu
Wurſt verhacken, wenn Ihr nicht eine Lady ſeid,
Toni," ſagte Lone Jack enthuſiaſtiſch, während er den
Arm feſter um ihren Leib legte.

„Nun gut, Jack. Was für Beweiſe verlangt Ihr
denn? Ich meine, ich hätte Euch genügende gegeben.
Bill Crookey ſendet mich aus, um Euch auszuforſchen.
Ich nehme eine Stellung als Typewriter an, mache
Euch in mich verliebt — haha, was mir ſelbſt den
Verſtand gekoſtet hat — und finde heraus, daß Ihr
wirklich das Geld habt und nicht Miles Danderhook.
Und anſtatt nun zu Bill zu laufen und ihn zu ver-
anlaſſen, Euch das Geld abzuzwingen, entdecke ich mich
Euch — werfe mich Euch an den Hals — —"

„Oder auch meinem Raube."

„Beiden, Jack, beiden!"

„Wohl, Ihr habt Recht. 's iſt in Ordnung, und
Ihr ſollt alles wiſſen. Meine Pläne ſind gemacht.
Nur eins macht mir zu ſchaffen, die Geſchichte mit
Miles Danderhook, einesteils macht ſie mir einen Strich
durch die Rechnung und anderenteils möchte ich den

armen Burschen auch nicht gerne opfern. Ihr wißt
doch, was vorgeht — he?"

Die wilde Toni stieß mit dem Absatz auf das
Pflaster, daß es knallte. „Seht mir die verdammten
Hunde", zischte sie, „ja, ich weiß, daß etwas vorgeht
mit dem Burschen — Bill Crookey munkelte was, aber
auch der Grabber ließ ein Wörtchen fallen — aber
wann es losgeht und was es ist, davon haben sie
nichts gesagt."

„Nun, das ist kurz erklärt! Ich erhielt durch das
Weibsbild einen Brief vom Geldspindknacker. Morgen
Nachmittag um 1 Uhr, wenn Miles von Delmonicos
kommt, wird er auf der Gasse von zwei Gaunern verhaftet, die sich für Detektives ausgeben —"

„Ah! Pretty Good. Und wenn er sich weigert,
mitzugehen?"

„Hört weiter. Ein Dritter, der die Uniform eines
Konstablers trägt, kommt ihnen entgegen und diesen
nehmen die Burschen zur Beruhigung ihres Gefangenen
mit. Sie führen ihn zum „roten Jack" in der Bleekerstreet, da ist ein Gewölbe und da wollen sie ihn zwingen,
den Platz zu nennen, wo er das Geld versteckt hat, um
ihm dann — well — Ihr müßt alles wissen, um ihn
dann kalt zu machen. Die Arbeit des Einfangens wird
von den Gaunern besorgt, die Bill sich aus Kansas
kommen ließ. Das ist alles."

„Das muß vereitelt werden."

„Warum?"

„Nun, damit Ihr Zeit gewinnt, Eure beiden Schätze,
mich und das Geld in Sicherheit zu bringen."

Bob Murphy drückte das Mädchen an sich. „Beim heiligen Jonas, Ihr seid eine Ausgediente. Das waren auch meine Gedanken. Aber wie das Unternehmen vereiteln?"

„Pah, ganz einfach! Ich werde Bill Crookey heute Abend von Euch die Botschaft bringen, daß Ihr dem Gelde auf der Spur seid, daß nicht Miles — nun, daß Mr. Sigismund es hat und kurz, daß sie noch mindestens drei Tage warten sollen. Seht Ihr."

„Brillant! Und ich werde mich auf Euch ver= lassen können. Morgen Nacht wird dann der Schatz gehoben und wir wandern nach Canada aus — —"

„Halt! Alles nach der Reihe", unterbrach Toni ihren Liebhaber, „erzählt mir erst, wie Ihr's angefangen habt, die ganze Gesellschaft zu humbugen — nicht allein die Polizei und die Bank, sondern selbst Eure eigenen Mitarbeiter — he?"

„By Jingo, Ihr sollt's wissen, Prachtmädel, und dann will ich's von Euch hören, daß Ihr einem ge= waltigeren Gauner noch nicht begegnet seid. Aber wir müssen eilen — in einer Viertelstunde muß ich meinen vermaledeiten Dienst antreten. — Well — hört mich an! Ihr wißt es — sie nennen mich „Lone Jack", den einsamen Jack, weil ich seit meinem fünfzehnten Jahre stets allein arbeitete, ohne die Hilfe Anderer — wenigstens habe ich immer allein den Raub für mich in Sicherheit gebracht. Vor dreieinhalb Jahren, nach= dem ich in Colorado einen bedeutenden Einbruch aus= geführt, aber nichts erbeutet hatte, wurde mir dort unten im Süden der Boden zu heiß unter den Füßen

und ich beschloß, ein neues Pflaster aufzusuchen —
natürlich wiederum auf eigene Faust. Spurlos verschwand ich aus Colorado — die Polizei hatte wie
gewöhnlich das Nachsehen. Ich wandte mich nach
New=York, blieb den Unsrigen fern und nahm schließlich auf Grund gefälschter Papiere die Stellung als
Wächter bei der Bank an. Hier glaubte ich am ersten
einen Streich ausführen zu können. Zuerst wurden mir
vom alten Vanderhook viele Schlingen gelegt, um meine
Ehrlichkeit zu prüfen — aber ich war schlau genug,
nicht darauf hineinzufallen. Verdammt, wenn Cone
Jack arbeitet, müssen große Brocken im Spiel sein. Ich
hatte Glück. Bald fand ich heraus, daß der junge
Vanderhook ein leichter Vogel ist, der sein Geld mit
Spielern, Gaunern und Mädeln todschlägt und dem
Alten viel Sorge macht — und darauf baute ich meinen
Plan. Wenn es mir gelänge, einen Griff in die Kasse
zu thun, dann würde der Verdacht zuerst auf Miles
fallen, das stand fest. Aber er hatte keinen Schlüssel
zu den großen Safes, man nahm auch wohl die Kasse
vor ihm in acht, und deshalb mußte ein Einbruch in
Scene gesetzt werden, ein regelrechter Einbruch, der
obendrein durchblicken ließ, Miles habe seine Hand im
Spiele gehabt, steckte mit den Einbrechern unter einer
Decke. Versteht Ihr?"

„Ob ich verstehe! 's ist grandios — 's ist wunder-
voll — —," flüsterte das Mädchen.

„Ist's recht? Gut! Hört weiter — ich muß mich
beeilen," fuhr Cone Jack fort. „Vor einem Jahre begann ich meine Arbeit, denn volle zwei Jahre simulierte

ich über meinen Plan, der alles in Grund und Boden
schlägt, was bisher geleistet worden ist. Ich begann
das Schloß des Centralspindes zu studieren, es ist ein
schweres, kompliziertes Time-Lock, aber da ich viel Zeit
auf die Kunstschlosserei verwendet habe, hatte ich die
Einrichtung bald heraus. Zuerst knüpfte ich gewöhnlich
die elektrischen Drähte ab und dann untersuchte ich das
Schloß mit Wachsstäben. Nach einem halben Jahre
war ich so weit, einen Schlüssel anfertigen zu können,
an dem ich soviel herumfeilte, bis er paßte. Der erste
Versuch hatte mich doch etwas aufgeregt; leicht hätte
das Schloß verdorben werden können. Aber der Schlüssel
paßte, ich stellte den Schrank ohne Schwierigkeit offen.
Und nun, Toni, was sagt Ihr? Hätte nicht jeder
Andere, selbst Euer Bill Crookey, sofort einen Griff in
die Kasse gethan, he?"

„Bei Gott, Ihr seid ein Juwel, Jack!"

„Ich beherrschte mich, schloß den Schrank wieder
zu und arbeitete weiter. Jetzt erst, nach zweidreiviertel-
jährigem Hiersein, setzte ich mich mit den Anderen in
Verbindung, zunächst mit Todd. Dieser nahm noch
den Grabber zur Hülfe und Bill Crookey, der gerade
freigekommen war. Ich brauchte die Burschen, um
mich hinter ihnen zu verstecken. Der Einbruchsplan
rührt nicht von mir, sondern von Bill Crookey her;
ich will mich nicht mit fremden Federn schmücken. Ehe
der Einbruch ausgeführt ward, führte ich einen zweiten
Streich aus, der natürlich den Andern nicht bekannt ist,
wenn das Frauenzimmer ihn nicht verraten hat. Ich
ward nämlich krank und blieb zwei Wochen zu Haus,

denn ich wußte, Mr. Sigismund selbst, und vielleicht auch Miles, würden die Wache übernehmen — der mißtrauische Alte hätte so leicht keinen allein in der Bank gelassen —"

„Aha! Ihr wolltet die Polizei auf den Gedanken bringen —"

„Recht! Auf den Gedanken, die Vorarbeiten seien gemacht worden, während Miles die Wache hatte. In Wirklichkeit wurden sie gemacht, als ich die Wache wieder übernommen hatte. Es dauerte nur zwei Nächte, denn Bill Crookey ist Meister im Mauerdurchbruch und wandte eine neue Methode an. In der ersten Nacht befeuchtete er den Mörtel einfach mit einem ätzenden Saft, der ihn so weich machte wie Brei, und in der nächsten Nacht wurden die Steine einfach herausgenommen — es ging fast ohne Geräusch ab. Die Burschen wollten mich zwar überreden, sie zur Thüre herein zu lassen, aber das stimmte nicht mit meinen Plänen. Sie mußten durch die Wand —"

„Einen Augenblick," unterbrach Lydia den Sprecher. „Die Meinung war doch, wenn ich recht gehört habe, daß Ihr nach dem Einbruch gleich mit den Anderen fliehen solltet — he?"

„Natürlich," bekräftigte Lone Jack. „Was wußten die Anderen von Miles Vanderhook und meinen Plänen? Erst in der Einbruchsnacht habe ich ihnen darüber die Augen geöffnet — oder vielmehr sie ihnen verklebt. Gut! Der Abend, dem die Einbruchsnacht folgen sollte, war gekommen. Es war sechs Uhr, die Leute gingen fort. Ich wartete bis elf Uhr. Nun schloß ich den

Schrank offen, nahm die Bartasche mit zwei Millionen heraus und brachte sie in die Office —"

„In die Office?"

„Ja. Dort ist sie noch!"

„Unmöglich."

Jack lachte triumphierend. „Von mir könnt Ihr was lernen, Toni," sagte er stolz. „Ich bin ein smarterer Bursch als die anderen. Unter dem Pulte des zweiten Buchhalters habe ich ein Brett aus dem Boden gehoben und eine Platte entfernt — dahin legte ich die Barmappe. Dann schloß ich die Platte, nagelte das Brett wieder fest, rückte den schweren Fuß des Pultes wieder auf die Stelle und alles war in Ordnung."

„Ich weiß mich vor Staunen kaum zu fassen. Das Geld ist noch auf dem Platze?"

„Noch ist es da."

„Aber warum seid Ihr nicht gleich mit der Beute geflohen?"

„Närrchen! Sie hätten ja alle Polizeihunde hinter mir her gehetzt. Nein, mein Plan war der, ruhig zuzusehen, wie Miles, oder meinetwegen die wirklichen Einbrecher verfolgt würden. Später dachte ich noch einmal krank zu werden, d. h. hätte mich krank gestellt. Vorher hätte ich in aller Gemütlichkeit meinen Schatz ausgehoben und ihn mitgenommen. Doch da meine Gesundheit angegriffen war, hätte ich meinen Abschied genommen, noch ein gutes Zeugnis von dem Alten bekommen und wäre unbeargwöhnt abgereist. Nach dem Westen, nach Europa, was weiß ich, irgendwohin, um zu leben wie'n Millionär! Aber, wie viel Uhr ist's, Toni. es muß nahezu sechs Uhr sein."

Lydia sah auf die Uhr. „Noch acht Minuten, Jack, macht schnell und erzählt mir den Rest. Wir dürfen nicht auseinandergehen, ohne daß alles geordnet ist!"

„Was ist da noch zu erzählen? Um ein Uhr kamen die drei Burschen, stiegen — mit Ausnahme des Grabbers, der draußen Wache hielt — durch die Wand und pusteten den Schrank offen."

„Well! Sie waren erstaunt, als die Barmappe fehlte — aber ich selbst schien noch erstaunter. Schnell entwickelte ich Ihnen meine Meinung und meinen neuen Plan. Miles hatte nach meiner Ansicht die Millionen genommen, denn ich hatte — so sagte ich ihnen — ihn am Vorabend allein und in verdächtiger Manier in den Safe-Raum gehen sehen. Es war also nach ihren Begriffen nichts als ein verdammter Zufall. Ich hielt sie ab, Gold- und Silbergeld zu nehmen — denn diesen Trick bedurfte ich der Bank und der Polizei gegenüber, sie sollte meinen, Miles habe die Bank nicht von Grund aus ruinieren, sondern nur nehmen wollen was er brauchte. Zu ihrer eigenen Sicherheit, um den Verdacht von mir abzulenken, mußte ich sie dazu veranlassen. Die Burschen gingen auch auf alles ein, ich wußte ihnen meinen Argwohn gegen den Spieler Miles so darzustellen, daß sie anbeißen mußten. Vielleicht — oder wie ich jetzt von Euch bestimmt weiß, beargwöhnten sie mich auch — aber daran liegt mir jetzt wenig. Freilich hatte ich damit gewartet, meine Beute in Sicherheit zu bringen, aber nun mag's gehen wie es will. Ich bin gerüstet zu handeln. Heute

Nacht geschieht indes noch nichts. Morgen Nacht erst
wird der Schatz gehoben und wir gehen miteinander
nach Buffalo, um über die kanadische Grenze zu
kommen. Dort sind wir in Sicherheit, bis alles still
und der Weg nach Europa frei geworden ist. Und
damit wären wir denn ans Ende gelangt. Gebt mir
einen Kuß und stellt Euch morgen Abend rechtzeitig
ein, damit ich Euch sage, wo wir uns treffen. Hei!
's — ist ein mächtig gut Ding, mit einem Mädel, wie
Ihr's seid, in die Welt zu fahren — besonders, wenn
man sich nach dreijähriger Arbeit flügellahm zu fühlen
beginnt."

Die wilde Toni schob ihren genialen Anbeter ein
wenig mehr der Straße zu und löste sich sanft von
ihm los. „Ihr habt mich stumm gemacht, Jack",
sagte sie, „nun komme ich mir in Eurer Gegenwart
ganz klein vor. Drei Jahre habt Ihr den ehrlichen
Mann gespielt — well, das macht Euch wohl keiner
der Anderen nach. Aber nun muß auch ich eilen,
damit ich Bill Crookey noch antreffe, denn die Geschichte mit Miles Vanderhook — —"

Jäh brach die Sprecherin ab. Die hohe Gestalt
des jungen Bankiers schritt langsam vorüber, zögerte
auf einmal und blieb, als der Name Miles Vanderhook
fiel, stehen. Miles wandte den Kopf, trat einen Schritt
vorwärts in die Halle und erkannte seine Angestellten.
Er war zuviel Weltmann, um irgend eine Bewegung
zu zeigen. Kalt ruhte sein Auge auf der Gestalt des
jungen Mädchens.

„Haben Sie mich angerufen, Miß Lydia?"
fragte er.

Lydia Horn sah fassungslos zu Boden. „Nein,
Sir," entgegnete sie leise.

„Die junge Dame hat mir allerlei mitgebracht für
meine Frau", nahm Bob Murphy, die Mütze in der
Hand, eilfertig das Wort, „sie ist nämlich unwohl,
Herr, und diese junge Dame war freundlich genug, sich
um sie zu bekümmern."

Miles nickte, wandte sich mit sarkastischem Lächeln
ab und setzte seinen Weg fort.

Einen Augenblick sahen die Zurückbleibenden einander stumm an. Dann spuckte Jack wütend aus.

„Verdammt, daß der Teufel das Affengesicht hier-
herführen muß!"

„'s hat nichts auf sich", tröstete Toni, „morgen
Nacht werden wir über ihn lachen. Doch jetzt fort, es
ist sechs Uhr auf den Schlag. Geht an Euren Dienst,
ich eile zur Stadt."

„Nun dann, good bye, Mädel, macht Eure Sache
gut. Bis morgen Abend."

Ein kurzer Händedruck. Zwei glühende Blicke
hinüber und herüber, und die beiden Verbündeten
schieden.

VIII.

Lydia wandte sich diesmal nicht dem Broadway
zu. Eilig schritt sie die sechste Avenue abwärts, betrat
eine Seitenstraße und stand nach kurzer Zeit vor dem
Amtsgebäude des elften Polizeiquartiers von New-

York. Hier trat sie ein und wandte sich an den dienst-
thuenden Sergeanten.

„Ist Kapitän Thomson zugegen?"

„Ja — was ist's?" entgegnete der Beamte mürrisch.

„Ich habe dienstlich mit ihm zu sprechen."

„Dienstlich? Der Ausdruck scheint mir schlecht ge-
wählt", sagte der Sergeant, ohne sich zu erheben; „wenn
Ihr irgend ein Anliegen habt — ich bin der Mann,
an den Ihr Euch zunächst zu wenden habt."

Lydia lächelte, nestelte an ihrer Oberkleidung und
zog ein kleines silbernes Schild hervor. „Hier", sagte
sie, „genügt das?"

Der Beamte machte große Augen. „Ah, ich bitte
um Entschuldigung — bin erst seit zwei Tagen in
diesem Precinct beschäftigt. Wen soll ich dem Kapitän
melden?"

„Detektiv P."

Nun erschien ein Lächeln auf dem Gesicht des
bärtigen Sergeanten. „Ah! Sehr angenehm, Euch zu
begegnen — ich melde Euch auf der Stelle!"

Im nächsten Augenblick wurde eine Seitenthür
geöffnet und Kapitän Ulysses Thomson erschien auf der
Schwelle.

„Tretet ein, Miß Barcley", rief er haftig, „tretet
ein — einen Augenblick, so, wir sind allein. Nun,
was bedeutet das? Ihr kommt — gegen Eure Instruktionen — persönlich? Ist etwas passiert?"

„Nichts von Bedeutung", entgegnete die junge Dame
ruhig; „der Fall Vanderhoof ist bis auf einige Kleinig-
keiten erledigt!"

„Erledigt?" Der Kapitän sprang förmlich auf die Detektivin zu. „Sprecht! Wie soll ich das verstehen?"

„Nun, Kapitän, das ist sehr einfach. Der Thäter ist entdeckt und in meinen Händen. Die zwei Millionen sind zur Stelle."

Kapitän Thomson schien überwältigt. Er steckte die Hände in die Hosentaschen, begann im Zimmer hin und her zu spazieren nnd pfiff den Yankee doodle. Schließlich nahm er in seinem Armsessel Platz, schob einen Schreibblock — ein „Pad" — zurecht und nickte.

„Also Miles Danderhook — he?" sagte er langsam.

Die schöne Lydia schüttelte den Kopf.

„Was, nicht er? Nicht Miles Danderhook? Habt Ihr nicht selbst das Taschentuch, an dem eine Ecke fehlte, in seiner Tasche gefunden und mir eine zweite Ecke zugesandt?"

„Allerdings, Sir, aber ich weiß nun, daß das Tuch von fremder Hand in den Rock des Gentleman hereinpraktiziert wurde, um den Verdacht gegen ihn zu bestärken."

„Und der Bursche, der nachts mit Bill Crookey zusammen arbeitete — der Lockenkopf?"

„Ein solcher Bursche existiert gar nicht. Miles Danderhook ist unschuldig!"

Der Beamte schüttelte den Kopf. „Nun denn, Miß Barcley, so sprecht. Wer ist's?"

„Ich weiß nicht, ob er Euch bekannt ist. Es ist Lone Jack."

Eine Pause folgte. Der Kapitän legte beide Hände

über die Augen und steckte die Daumenspitzen in seine Ohren, gleichsam um jeden fremden Eindruck fern zu halten. In dieser Stellung erhob er sich, schritt ganz langsam bis zur gegenüberliegenden Wand, wo ein hoher Bücherschrank stand, und griff ein Buch heraus, mit dem er schnell zu seinem Pult zurückkehrte.

Im Begriffe zu öffnen, richtete er sich plötzlich auf, ließ den Buchdeckel wieder fallen und begann Zahlen in die Luft zu schreiben.

„Ich hab's heraus, Miß Barcley!" sagte er froh= lockend, „ich wußte, mein Gedächtnis würde mich nicht im Stich lassen. Lone Jack, ein Neuling in New-York, gehört in den Süden — vor etwa vier Jahren beteiligt am Einbruch in der ersten Nationalbank zu Denver in Colorado — seitdem verschwunden — hier in New= York vergeblich nach ihm gesucht —"

„Nicht weiter, Kapitän", fiel Detektiv P. ein, „es stimmt. Lone Jack weilt seit drei Jahren in New= York und hat, seinem Spitznamen getreu, für sich allein gearbeitet. Und ahnt Ihr nun, wer es ist?"

„Wie sollte ich?"

„Nun, es ist Bob Murphy!"

Der Kapitän sagte nichts. Er wiegte den Kopf hin und her und machte einen schwachen Versuch, den „Starspangled=Banner" zu pfeifen. Als es nicht gelang, erhob er sich und reichte der schönen Besucherin die Hand.

„Deshalb also die Zusammenkünfte unter der Thor= halle! — Ihr hattet ein kleines Techtelmechtel mit ihm angefangen, um sein Geheimnis herauszulocken. Eure

Arbeit ift einfach bewundernswert. Aber wie brachtet
Ihr ihn dazu, fich zu verraten — gewiegter Gauner,
der er ift —"

„Ich ftellte mich ihm als die wilde Toni aus der
Mulberryftreet vor."

Der Kapitän lachte laut auf. „Das ift ja ein
altes Weib, das Eure Großmutter fein könnte!"

„Das weiß ich. Aber er, Lone Jack, kannte fie
nicht."

„Und zu welchem Zwecke, fagtet Ihr, hättet Ihr
Dienfte im Haufe Danderhook genommen?"

„Um i h n auszuforfchen —"

„Was?"

„Verfteht mich recht — ausgefandt von Bill
Crookey!"

„Beim großen Jonas, jetzt beginne ich zu verftehen
— der Burfche hat die Andern überliftet, fie als Deck-
mantel benutzt, den Raub für fich in Sicherheit gebracht
und nach der anderen Seite hin Miles Danderhook ver-
dächtigt. Genial — indeed genial! Aber nun erzählt
der Ordnung gemäß, was fich zugetragen!"

„Noch nicht, Kapitän. Mein perfönliches Er-
fcheinen hat wirklich einen befonderen Grund. Die
Polizei muß fofort alle Hebel in Bewegung fetzen, um
eine von Bill Crookey und Genoffen geplante Entführung zu verhindern."

„Hm — wem gilt die Entführung?"

„Dem jungen Danderhook!"

„Aha — fie halten ihn für den Befitzer des
Raubes!"

„Sie wollen ihn in eine bis jetzt, so viel ich weiß, unbekannte Kneipe in der Bleekerstreet, zum roten Jack, locken und das Schlimmste steht zu befürchten —"

„Mord?!"

Der Kapitän war aufgesprungen und sah finster zu Boden.

„Nun gut, Miß Barcley, ich danke Ihnen. Ueber Ihre Arbeit später. Das höchste Lob ist zu gering. Jetzt kommen Sie ins Hauptquartier zum Inspektor. Ich werde sofort anspannen lassen."

IX.

Am Fuße der Hochbahnstation, welche sich an der Kreuzung des Broadway und der Sechsten Avenue befindet, standen zwei Männer. Sie waren einfach gekleidet, standen beide im ungefähren Alter von dreißig Jahren und glichen ordentlichen Busineßmen. Was die Männer auffällig machte, war nur der Umstand, daß sie schon seit einer halben Stunde auf der letzten Treppenstufe gestanden hatten, ohne sich zu rühren. Nur wenn ein neuer, aus der unteren Stadt kommender Zug über ihren Köpfen in die Halle brauste und der Strom der Cityreisenden sich über die Treppe zu ergießen begann, sahen sie empor und schienen jeden einzelnen der Ankömmlinge einer Musterung zu unterziehen. Einmal trat ein stämmiger Polizist zu den Harrenden, sprach einige Worte mit ihnen und setzte seine Wanderung fort.

Es war zehn Uhr morgens. Das Gewühl auf dem großen Square, in dem die beiden verkehrsreichen Straßen zusammentreffen, erreichte seinen Höhepunkt. Jetzt eben brauste Zug um Zug in die Halle; kaum

hatte der säumigste Passagier des letzten Trains die
Straße erreicht und schon begann sich eine neue Menschen-
lawine über die Stufen zu wälzen. Die beiden geheimnisvollen Männer waren ganz Auge; während der
Eine die Ausgangspforte der Halle beobachtete, musterte
der Andere die Ankömmlinge am Fuße der Treppe aus
unmittelbarer Nähe. Plötzlich traten beide zurück,
warfen einander einen Blick des Einverständnisses zu
und schritten zur anderen Seite der Straße hinüber.

Unter den Reisenden, die in den folgenden Augen-
blicken die Treppe verließen, befand sich Miles Vanderhook. Gesenkten Hauptes kreuzte er den Square und
sah sich den beiden Unbekannten gegenüber, die ihn
hier erwartet zu haben schienen, um ihm den Weg zu
verlegen.

„Guten Morgen, Mr. Vanderhook," sagte der Eine,
indem er grüßend die Hand emporhob.

„Wir bitten um einen Augenblick Gehör!" er-
gänzte der Andere.

Miles sah gleichgültig von einem zum anderen.

„Ich führe keine Unterhaltungen auf der Straße, Gentleman", sagte er ruhig, „stellen Sie sich in meiner
Office vor."

„Wohl gesprochen", entgegnete der Andere schnell
und leise, „aber hören Sie uns dennoch an und ver-
halten Sie sich ruhig. Warum uns selbst oder Ihnen
Unannehmlichkeiten machen? Wir sind Detektives, Sir,
vom Polizeihauptquartier abgesandt, Sie zu verhaften.
Es geschieht in Ihrem eigenen Interesse, Sir — Aufklärung folgt später. Der Verdacht gegen Sie ist auf-

gegeben, lediglich um Sie zu beschützen, haben wir Sie in Gewahrsam zu nehmen. Im Namen des Gesetzes also — Mr. Miles Vanderhoof — verhafte ich Sie! Folgen Sie uns."

Miles verlor seine Fassung nicht. „Warum auf der Straße, Sir?" sagte er. „Bin ich nicht in meinem Bureau zu finden?"

Der Zweite zuckte die Achseln. „Es ist keine Zeit zu verlieren, Sir. Auch andere Gründe spielen mit. Stellen Sie nun keine Fragen mehr, die Zeit drängt."

„Bedaure sehr", entgegnete Miles lächelnd, „ich kann Ihnen weitere Fragen nicht ersparen. Zunächst weisen Sie sich als Detektives aus, bitte."

Wie auf Kommando zogen beide Gentlemen ihre Taschenuhren, zugleich aber auch kleine silberne Schilder mit dem Polizeistempel. Sie hielten beide Gegenstände dem Frager vor die Augen. Keiner der Vorüber-gehenden hätte zu bemerken vermocht, daß etwas Außer-gewöhnliches in ihrer nächsten Nähe vorgehe. Die drei Gentleman verglichen ihre Uhren, um die richtige Zeit zu vermitteln. Das war alles.

„Sind Sie befriedigt, Sir?" sagte der erste.

„Nein, Sir, Ihren Verhaftsbefehl?"

„Hier!" Der Detektiv entfaltete ein Papier, das die eigenhändige Unterschrift des berühmten Inspektor Byrnes trug. „Und nun kommen Sie. Wir haben Befehl, jeden Ihrer Wünsche zu befriedigen, um Hinder-nisse zu beseitigen. Aber ich meine, Sie können jetzt sicher sein. Wir bringen Sie nicht ins Hauptquartier,

sondern in ein Privathaus, wo der Inspektor Sie erwartet."

Der junge Mann ging einige Schritte mit den
Detektivs, um dann aufs neue stehen zu bleiben.
„Nehmt's mir nicht übel, Sirs", sagte er freundlich,
„meine Lage ist eine ungewöhnliche und erfordert ungewöhnliche Vorsicht von meiner Seite. Ihre Schilder
und den Verhaftungsbefehl habe ich gesehen — allein
ich bin ein Neuling in solchen Sachen. Wer bürgt
mir dafür, daß die Schilder echt sind und der Verhaftungsbefehl nicht gefälscht ist? Mir kam soeben der
Gedanke, daß Sie anstatt Detektivs die Gauner sein
könnten, die mich verdächtigten, unter meiner Maske
den Einbruch ausführten und nun gekommen sind, mich
zu verderben. Ich ziehe es vor, nicht weiter mit Ihnen
zu gehen und bin bereit, mich zu verteidigen, wenn Sie
Gewalt brauchen."

Die Detektivs nickten. „Abermals wohl gesprochen,"
sagte der Eine, während er die Straße hinabblickte.

„Wir waren auf diesen Einwurf vorbereitet, Sir",
nahm der Andere die Entgegnung auf, „und sind für
diesen Fall mit Instruktionen versehen. Es ist Ihnen
erlaubt, den ersten besten Polizisten von der Straße
hinweg zu Ihrer Sicherheit mitzunehmen." In diesem
Augenblicke schlenderte auch schon ein hochgewachsener
Polizist über die Straße und schritt auf die kleine
Gruppe zu, wahrscheinlich in der Absicht, die Männer
zum Weitergehen aufzufordern.

Das Gesicht des jungen Vanderhoof erheiterte sich.
Rasch trat er auf den Schutzmann zu und forderte ihn,

die Sachlage kurz erläuternd, auf, sich ihm anzuschließen. Der Polizist machte Einwendungen, die indes durch das Dazwischentreten der Detektivs abgeschnitten wurden. Einer von ihnen zog einen kleinen gestempelten Zettel aus der Tasche und reichte ihn dem Beamten, der das Papier prüfte und in sein Taschenbuch legte.

„Alles in Ordnung, Gentleman", sagte er, „und ich stehe zu Diensten. Wohin soll ich Sie begleiten?"

„Nur drei Blocks weit, Sir", entgegnete der Detektiv, „und nun vorwärts, es ist die höchste Zeit."

Alle vier Männer schritten nunmehr rasch in die Avenue, kreuzten zwei Querstraßen und blieben inmitten des dritten Häusergevierts vor einem hohen Gebäude stehen.

„Hier ist es", sagte einer der Detektivs, „treten Sie ein."

Die beiden Geheimpolizisten schritten voran, Miles und der uniformierte Konstabler folgten.

So gelangten sie in den dritten Stock und begaben sich in ein leeres Zimmer, in welchem einige Sekunden später Kapitän Thomson und Inspektor Byrnes erschienen. Beide in einfacher bürgerlicher Kleidung.

„Nun", flüsterte einer der Detektivs, „stimmt es, Herr Danderhoof?"

„Es stimmt", entgegnete dieser lächelnd, „seid mir nicht böse. Und hier nehmt diesen Schein — es sind zehn Dollars, die mögt Ihr unter Euch teilen."

Die Polizisten lieferten auf einen Wink des Kapitäns ihren Instruktionsschein ab, machten vor dem Inspektor Front und zogen sich zurück.

Kaum war die Thür hinter ihnen ins Schloß gefallen, als der Inspektor, ein großer, energisch drein-
blickender Herr mit buschigem Schnurrbart, die Hände
des Gastes ergriff und sie herzhaft schüttelte.
„Gut, daß Sie da sind, Mr. Vanderhook,“ sprach
er eilig. „Sie sollen uns helfen, die Einbrecher ein-
zufangen. Ich wünsche Ihnen Glück, Sir, Ihre Unschuld
ist klar erwiesen. Die Verbrecher sind ermittelt, und
auch das Geld ist so gut wie in unserem Besitz. Es
war nicht möglich, Sie in ihrer Office zu verhaften,
alles Aufsehen mußte vermieden werden, denn der Haupt-
gauner befindet sich unter Ihrem Bankpersonal!“

„Ach! so hat Mr. Owen Torry, der Detektiv —“
fragte Miles. Der Inspektor fiel ihm ins Wort:
„Nein, nicht doch, bei unserem Detektiv P. haben Sie
sich zu bedanken.“

„Detektiv P.?“

„O, Sie kennen den Beamten nicht. Nun lassen
Sie sich's genügen, daß Detektiv P. nicht allein Ihr
Geld, sondern auch das Leben gerettet hat.“

„Das Leben? Sie machen mich bestürzt. Und wer
ist denn dieser Detektiv P.?“

„Sein Arbeitsfeld befand sich in Ihrem Hause.
Doch das werden Sie später erfahren. Kommen wir
zur Sache. Sagen Sie mir doch, Mr. Vanderhook, wie
hat Ihnen die Verhaftung gefallen? Waren wir nicht
verteufelt brillant auf alle Einwürfe vorbereitet?“

„In der That, ich muß die polizeilichen Maß-
nahmen loben.“

„Aber ich kann das Lob nicht annehmen“, fuhr

der Inspektor Byrnes fort, „der Verhaftungsbefehl rührte nicht von uns her, sondern wir mußten in der Eile eine Kopie verwenden. Genau so, wie es geschehen ist, hatten die Gauner Euch zu entführen geplant — durch falsche Detektivs und einen nicht waschechten Schutzmann."

„Ich verstehe nicht —" sagte Miles wie im Traum.

„Nun denn, Kapitän, erklärt es ihm."

Mit ernster Miene trat Kapitän Thomson vor den jungen Mann hin. „Hört mich aufmerksam an, Sir, und stellt keine Fragen. Durch diese Arbeit des viel= genannten Detektivs P. ist ein wichtiger Plan der Gauner in unsere Hände gefallen. Die eigentlichen Einbrecher haben kein Geld gefunden, sie wurden von einem ihrer Complicen, der sich in Ihrem Hause befand, überlistet. Infolge der Machinationen des Letzteren glaubten die Einbrecher (wie leider auch die Polizei), Ihr hättet die Millionen versteckt. Sie beschlossen daher, Euch zu entführen und zu ermorden, nachdem Ihr den Versteck des Geldes genannt."

Miles war bleich geworden. „Wie? Und der Ueberfall sollte heute Morgen geschehen? Ich wäre den Gaunern ohne weiteres in die Schlinge gegangen."

„Den Beweis habt Ihr geliefert," lachte Inspektor Byrnes.

„Der Ueberfall sollte nicht heute Morgen geschehen, sondern er steht noch bevor. Heute Mittag um 1 Uhr, wenn Ihr von Delmonicos kommt, werden die Gauner ihren Trick ausführen. Ihr stellt Euch so, als ob Ihr nichts merkt. Betragt Euch genau, wie Ihr's heute

morgen gethan habt. Folgt also den Gaunern, sie
bringen Euch zur Bleeckerstraße. Ehe Ihr dieselbe be=
schreitet, kommt alles in Ordnung. Seid Ihr ein=
verstanden?"

„Ich verlasse mich auf Euch, Gentleman!"

„Alles in Ordnung", erwiderte der Inspektor,
„gehen Sie nun frühstücken, als ob nichts geschehen
wäre. Sie thun keinen Schritt ohne Schutz, zwölf
Detektivs stehen unten und begleiten Sie in unauffälliger
Weise zu Delmonico, fünfzehn Mann umgeben Sie,
wenn Sie in den Händen der Gauner sind. An der
Ecke der Bleeckerstraße aber harrt in Thorhallen und
Hausfluren eine ganze Abteilung Bewaffneter — Sie
dürfen also sicher sein. Und damit good by!"

Die Gentleman schüttelten einander herzlich die
Hände und Miles schritt hinaus.

Wie die Beamten prophezeit hatten, so geschah es
denn auch. Zwei Stunden später erlebte Miles Vander=
hook die denkwürdige Verhaftungsepisode zum zweiten
Male. Zwei Gentlemen traten auf ihn zu und er=
suchten ihn zu folgen. Er weigerte sich. Sie zeigten
Schilder und Verhaftungsbefehle vor. Fast die gleichen
Worte wurden gewechselt. Dann kam der Schutzmann.
Nichts fehlte. Es war die getreue Kopie — — doch
nein, es war ja das Original! Diesmal war die
Kopie dem Original vorangegangen!

An der Ecke der Bleeckerstreet trat die Katastrophe
ein. Zwanzig Männer, dem Aeußeren nach Bürger,
in Wirklichkeit Polizisten, umringten die Gauner und
ihren Gefangenen. An Flucht war nicht zu denken.

Im Nu waren die Pseudopolizisten gefesselt und fort-
geführt, während eine Anzahl von Konstablern sich be-
mühten, die von allen Seiten herbeiströmenden Gaffer
zu zerstreuen und die Ruhe wieder herzustellen.

Im Inneren der düsteren, meist von Farbigen und
Gesindel bewohnten Bleeckerstreet spielte sich um dieselbe
Zeit eine ganz ähnliche Scene ab. Die Gaunerkneipe
des „roten Jack" ward gestürmt — allein Bill Crookey
fiel nicht in die Hände der Polizisten. Seine siegreiche
Schlauheit hatte ihn gerettet. Zwar waren Todd und
auch der Grabber erschienen, der Geldspindknacker hatte
es indes vorgezogen, erst einmal aus der Ferne, von
irgend einem sicheren Versteckwinkel aus das Resultat
seiner Unternehmung abzuwarten, und es durfte nun als
sicher gelten, daß er Mittel und Wege finden würde,
die Metropole unerkannt zu verlassen.

Allein um den genialen „Lone Jack" war es geschehen. So nahe am Ziele, daß er die Beute greifen
konnte, strauchelte er und fiel. Zwar hatte er es fertig
gebracht, drei Jahre den ehrlichen Mann zu spielen,
ja, es war ihm gelungen, die ebenbürtigen Genossen,
die Polizei, die Chefs der Bank zu betrügen — allein
den Ränken eines Weibes war er nicht gewachsen.

„Ich war ein verdammter Narr, Gents, mich
durch ein hübsches Mädchengesicht übertölpeln zu lassen
und der Teufel fresse mich zum Lunch, wenn ich irgend
einem Weibsbild jemals wieder etwas anvertraue —
außer höchstens, daß ich trocken in der Kehle bin. Und
nun nehmt mich hin — hole Euch alle der Teufel!"

Das waren seine Worte, als man ihn gefesselt in

die Hauptoffice der Bank führte und vor seinen Augen
die Barmappe mit den zwei Millionen Dollars aus
dem Boden grub.

X.

Unter Ausschluß der Oeffentlichkeit, nämlich in der
Privatoffice des jungen Mr. Danderhook, folgte dem
großen Einbruchsdrama noch ein kleines Nachspiel.

Miß Lydia Horn erschien am Morgen nach der
Katastrophe wie gewöhnlich in der Office, allein sie fand
einen sehr frostigen Empfang.

„Legen Sie nicht ab, Miß", sagte der gestrenge
Chef, „es wäre möglich, daß wir unsere Verbindung
zu lösen gezwungen sind."

Lydia sah den jungen Mann ruhig an. „Ich vermute, daß Ihr über meine Vertraulichkeit mit Bob
Murphy erzürnt seid?"

„So ist es, Miß Horn. Doch erzürnt, das ist nun
wohl nicht der richtige Ausdruck. Ich habe Ihnen,
soweit es Ihr Privatleben betrifft, ja keine Vorschriften
zu machen. Die Sache liegt tiefer. Ich muß Ihnen
mitteilen, daß Murphy, dem Sie Ihr Vertrauen, vielleicht mehr noch schenkten, ein Verbrecher ist. Man hat
ihn gestern wegen grober Veruntreuungen verhaftet.
Selbstverständlich nehme ich an, daß Sie dies nicht
wußten. Allein Sie verstehen, Miß Horn — —"

„Ich verstehe wohl, Mr. Danderhook. Sie dürfen
sich aber eine förmliche Kündigung ersparen, denn ich
kam hierher, Sie um meine Entlassung zu bitten. Mich
rufen andere Pflichten. Darf ich Sie bitten, dieses
Papier zu lesen?"

Miles nahm den dargereichten Brief und trat zum Fenster. Und während er las, wurden seine Augen größer und größer, bis sie sich der jungen Dame zuwandten und fast entsetzt auf ihrem Gesichte hafteten. „Detektiv P." sagte er leise. „Wär's möglich?" Sie nickte lächelnd. „Sie verstehen, mein Herr, daß ich nun nicht länger — —"

Doch da stand Miles schon neben ihr und drückte sie an seine Brust. „Verzeihung, süße Lydia — wie konnte ich ahnen, daß Detektiv P., der Geheimnisvolle, in so reizender Hülle einhergeht. Also Du bist es — Du, die mir das Leben gerettet hat? Oh Lydia — ist es nicht die Stimme des Geschicks, die zu uns, nein, zu Dir, zu Dir allein gesprochen hat?"

Sanft machte Lydia sich los und trat zurück. „Wie nun, mein Herr, auf einmal so stürmisch? Bin ich es nicht, die mit Bob Murphy in der dunklen Thorhalle gestanden hat?"

„Oh, nichts mehr davon. Du warst es ja, die ihn entlarvt hat!"

„Ja, ich war es. Darum stand ich mit ihm im Dunkeln. Und nun lesen Sie das Schriftstück, damit wir zur Sache kommen."

Miles nahm lächelnd das Schriftstück vom Boden auf und las die folgenden Worte:

An
Miß Lydia Barclay, Detektiv P.
Precinct VI. New-York.

Im Auftrage des Herrn Polizei-Inspektors habe ich Ihnen mitzuteilen, daß dem „Board

of Police" Ihre sofortige Ernennung zum Sergeanten vorgeschlagen worden ist. Mit der morgen
zu erwartenden Bestätigung Ihrer Beförderung
erfolgt Ihre Versetzung ins Polizeihauptquartier
und im Speziellen in den Stab des Herrn Inspektors.
Winkelmann, Kapitän N. P. P. F.

„Haben Sie gelesen?" fragte Lydia, als der junge
Mann das Blatt sinken ließ.

Er nickte und trat auf sie zu, aber sie wich zurück.

„Lassen Sie mich zu Ende kommen. In meiner
Tasche befindet sich noch ein zweites Schriftstück, dessen
Inhalt ich Ihnen mitteilen will. Es ist ein Befehl
meines Kapitäns, hier im Hause Stellung zu suchen
und mich in einen gewissen jungen Herrn zu verlieben —
natürlich nur von Polizeiwegen —, um ihm auf diese
Weise seine Geheimnisse zu entlocken. Ich habe diese
Instruktion nicht befolgt — und während andere für
ihren Ungehorsam bestraft werden, ist mir Lob und
Beförderung zu Teil geworden. Entgegen meiner Instruktion verliebte ich mich nicht in den jungen Herrn
Danderhoof — sondern in Bob Murphy — natürlich
— ebenfalls von Polizeiwegen — das Resultat kennen
Sie. Ich bin Polizeisergeant geworden, und zwar im
Stabe des Inspektors. Sie werden es mir nun wohl
nicht verübeln, wenn ich meine Stellung aufzugeben
wünsche. Ich nehme also Ihre Kündigung an — —"

„Lydia!"

„Ich kann nun einmal nicht mehr Ihre
Schreiberin sein!"

„Nun denn, süße Lydia, so sei mein Weib —"

rief Miles und schloß sie stürmisch in seine Arme. „Dein ist ja schon alles, die Millionen, die Du entdeckt, das Leben, das Du mir gerettet!"

Lydia sah mit feuchten Augen, doch schelmisch lächelnd in das Antlitz des Geliebten empor.

„Wie, mein Herr, so wollten Sie sich für Ihr ganzes Leben unter Polizeiaufsicht stellen?"

„Ja, ja," jubelte Miles und schloß die schwellenden Lippen mit seinen Küssen.

Der Chef des Hauses, welcher in diesem Augenblicke eintrat, legte seine Miene in ernste Falten. Er wollte ja, wie Bob Murphy, seligen Angedenkens, sich ausdrückte, „das" in der Privatoffice nicht haben. Allein in der Folge fand er alle Ursache, damit zufrieden zu sein, daß der leichtsinnige Miles sich unter die lebenslängliche Polizeiaufsicht der energischen, guten und schönen Lydia gestellt hatte, die den Dienst aufgab und sich ganz der Bewachung ihres Gatten widmete.